陸軍潜航輸送艇(ゆ)1013号艇。戦後の昭和22年9月のものと思われる。(ゆ)は日本陸軍が総力をあげて建造した「決戦兵器」であり、昭和18年に1号艇が完成し、終戦までに40隻が就役した。建造は、これまでに潜水艦を造ったことのなかった民間のボイラー工場、鉄工所、機械製作所などが担当した。

（上）前ページと同じく、(ゆ)1013号艇の艇首部。（下）(ゆ)1007号艇。昭和23年1月のものと思われる。(ゆ)艇はフィリピン戦線に進出したが、4.4 ノットという水中速力の低さは、作戦に重大な影響を与えた。

NF文庫
ノンフィクション

新装版

陸軍潜水艦

潜航輸送艇㋴の記録

土井全二郎

潮書房光人新社

はじめに——千尋の海に黙々と

陸軍の潜水艦——。

正式名称を陸軍潜航輸送艇といった。頭文字をとって秘匿名㋴と称された。「まるゆ」と読んだ。まことに珍妙な潜水艦だった。

陸軍が独自の考案でつくった「陸軍の、陸軍による、陸軍のため」の潜水艦であった。よく知られている旭日の軍艦旗ではなく、艦尾には日章旗が掲げられていた。潜水艦を潜水艦たらしめる魚雷発射管はなかった。唯一の武器である前部上甲板に装備された砲は戦車搭載砲の改造型だった。

のちの話になるが、この「陸軍の潜水艦」がフィリピン・マニラに向け出撃したさい、台湾近くの海域で哨戒中の米潜水艦により、次のように打電されている。

「ワレ船籍不明ノ潜水艦発見。南下中」

「船尾ニ日ノ丸。シカモ浮上航行中」

「日本海軍ニアラズ。当分、監視ヲ続行スル」

また、やっとのことで到達したマニラでは味方軍艦から怪しまれた。

「ナンジハ何者ナルヤ」

「帝国陸軍潜水艇ナリ」

「……。潜水可能ナルヤ」

艇長が怒り出し、「ヘントウノ要ヲ認メズ」との返答を手旗信号で送っている。

㋴戦友会刊「陸軍潜水輸送教育隊（㋴部隊）略史」によれば、その諸元は次のようなものであった。

全長四十九・五メートル。水上排水量二百七十三トン、水中排水量三百四十六トン。最大速力は水上九・六ノット、水中四・四ノット。水中航続時間は四ノットで一時間、二ノットで六時間。最大潜航深度百メートル。

搭載能力はコメだけなら二十四トンを積めた。これは「兵員二万人の一日分に相当」した。

乗員は将校三、下士官兵二十二の計二十五人。

ちなみに海軍で最小型潜水艦だった波号二〇一型でも水中排水量は四百四十トンあった。また㋴の水中における速力四・四ノットは時速に換算すると八・一キロだ。人間でも成人男子は一時間で四キロは歩ける。その二倍程度の㋴のスピードは、あまりにも遅速といわざるをえない。このことは備蓄電池の性能からくる水中航続時間の短さと合わせ、のちのちまで㋴各作戦に重大な影響を与えることになっている。

ともあれ、この㋴は当時の帝国陸軍が「優先順位を航空に次ぐ扱い」とし、総力をあげて建造に取りかかった「決戦兵器」だった。昭和十八年十二月末、極秘のうちに第一号艇が完成して以来、終戦までに四十隻が就役している。いずれも、これまで潜水艦など製造したことも触ったこともなかった民間会社のボイラー工場や鉄工所、機械製作所などで建造されたという点でも特徴があった。

だが、やっとこさ、難産の末に出来あがったものの、各戦線における日本軍は日に日に形勢不利に傾くといった状況下にあった。このため、活動の場は極めて制限されることとなった。それでも一部は長駆フィリピン戦線まで進出し、あのレイテ決戦に参加している。

四隻が戦火の海で沈み、一隻が荒天により遭難、喪失した。ほかに敵機の銃撃を受けた艇や味方貨物船の誤認による体当たり攻撃をくらった艇もあった。終戦時、そうした損傷艇など合わせて三十五隻が残存し、建造途中にあった船台上の未完成艇と共に米軍の手により海没処分されている。

フィリピン戦線で戦った将兵を含めて㋴要員戦死傷者は優に三百を超すものとみられるのだが、はっきりしたことは分かっていない。

それにしても、あの帝国陸軍に、なぜ、このような潜水艇建造の発想が浮かんだのであろうか。すくなくとも、どうして、潜水艦に豊富な経験と知識の蓄積がある海軍との協同作業とはならなかったのだろうか。

個人的な話になって恐縮だが、わたし（筆者）には戦中・戦後にかけて船乗りだった叔父がいる。八十九歳になったいまも、すこぶる元気で往時を語ってあかない。

戦争中、大阪商船の船長をしていたころ、とつぜん陸軍部から呼び出しを受け、陸軍兵を相手に船員教育をさせられた。それも、陸兵が「潜水艦乗りになるための教育」というから目をむいた。また、その教育期間中、えらく機密にうるさくて「閉口させられた」ということだった。

小さいころから、そんなハナシを聞かされていたこともあって、かねて「陸軍の潜水艦」のことは頭の片隅にあった。だが、戦時中の機密扱いがあったせいか、断片的な資料しか目にすることができなかった。やがて新聞社の仕事でかつての「戦争」関係の取材もやるようになり、それなりに㋻関連資料の収集もすすんだ。

潜水艦なるものの「イロハのイ」から学んで建造にあたった陸軍関係技術者、工場関係者らの苦心談には興味しんしんたるものがあった。その一方で、つい昨日まで満州（中国東北部）の原野を走り回っていた戦車兵、中国戦線において「軍馬のケツ」をたたいていた輜重《しちょう》兵、あるいはソ満国境警備隊で演習用の重砲をぶっ放していた砲兵たちは、命令一本で正体不明の新設部隊に集められたあげく、潜水艦乗りになるための「海軍教育五年を三ヵ月」で修了することを迫られ、なんともすさまじいほどの辛酸をなめている。

また、㋵が就役してからは、当時の海軍側からのさんざんな酷評があるところだ。当の㋵部隊関係者の口からも「(㋵建造は) 戦史上でも前代未聞のことであり、ある意味では悲劇といえるかもしれない」「底をついた戦力の様相を体現して生まれたような奇形児であった」とか、「まさに敗戦の前兆といおうか、敗戦の落とし子であった」といった戦後における率直な感想がある。

そうした中で㋵部隊隊員三千五百は、命令は命令とし、能力・体力の限りを尽くして㋵の運用に努めている。千変万化の海と取り組み、気象・海象を相手に戦い、水圧という目に見えぬ重圧に耐え続けている。

短期間のうちに「陸《おか》のモグラが海のカッパ」に変身することがいかに至難なことであったか——。

平成十四年（二〇〇二年）一月二十六日、東京・足立区で㋵戦友会関東地区会が開かれた。こうした㋵戦友会は、この関東地区会はじめ全国各地域につくられており、毎年のようにそれぞれの地区で亡くなった戦友への追悼を兼ねた懇親会が催されているということだった。大苦労した部隊だっただけに、その結束には固いものがあるようだった。

この日、寒気すこぶるきびしく、氷雨模様だったにもかかわらず、二十六人の元隊員が集まった。遠く京都、新潟からの人もあり、夫人同伴の方もおられた。

会の冒頭、総員起立による「㋵部隊の歌」がうたわれた。

世紀の黎明うららかに　見よ東の空高く
七つの海に輝くも　千尋の海に黙々と
輸送に任ず軍人の　不滅の凱歌を誰が知る
ああ雄壮の㋴隊

これは四番の歌詞なのだが、一番から三番までの歌詞の中にも「ただ黙々と進み行く」とか、「夜を日に潜り進み行く」といった文言がみられる。およそ、「雄壮」とはかけ離れた情景がうたわれている。

本書は陸軍兵でありながら、そうした「千尋の海に黙々と」任務に就き、「誰が知る」こともなく終わった「陸軍の潜水艦」とその隊員の物語である。

著　者

陸軍潜水艦——目次

第五章　戦火の海をゆく

第六章　マニラ派遣隊の最後

地図作成／佐藤輝宣

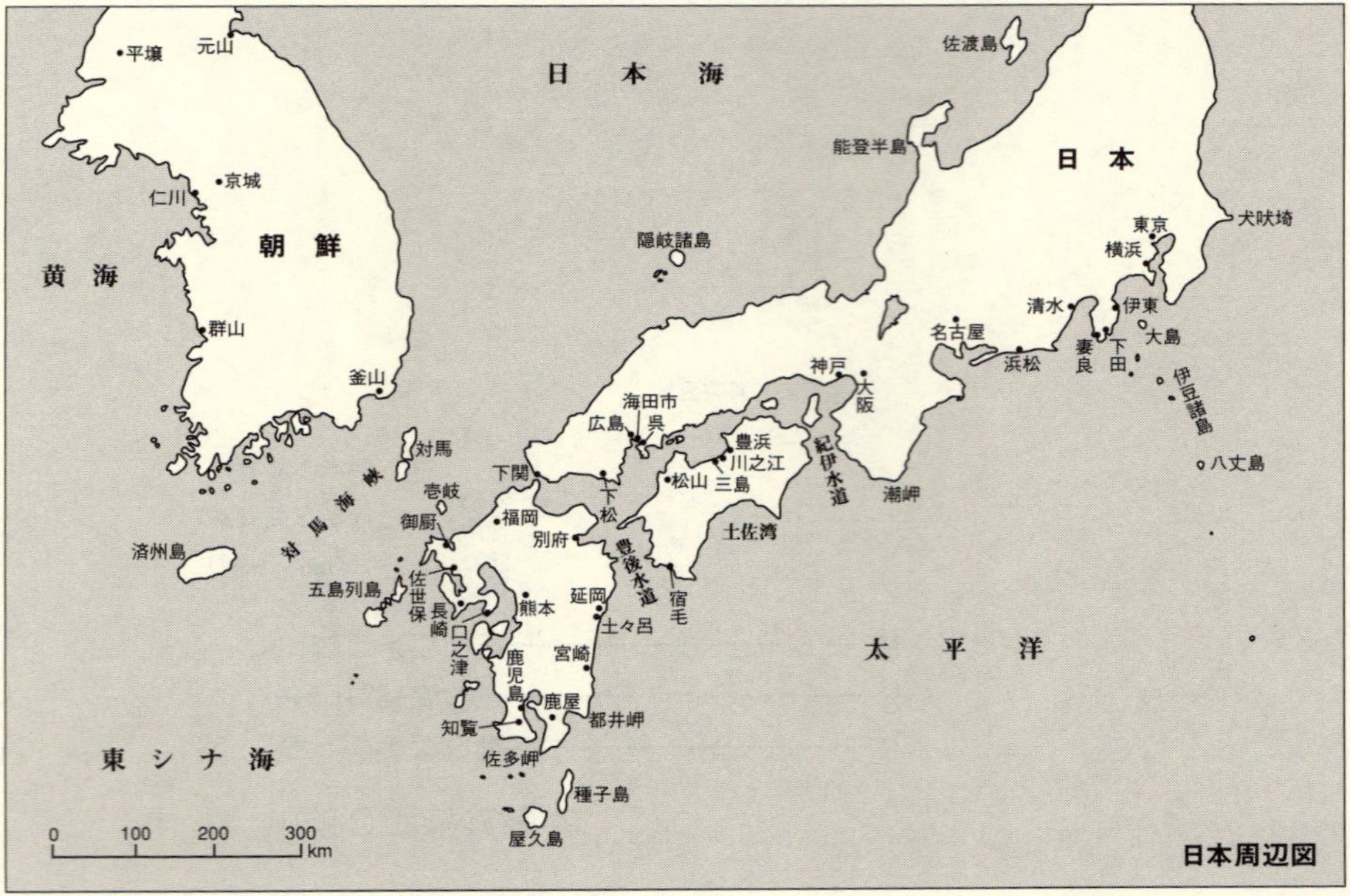
平壌
元山
日本海
佐渡島
能登半島
日本
京城
仁川
朝鮮
黄海
隠岐諸島
東京
横浜
犬吠埼
清水
伊東
大島
名古屋
群山
妻良
下田
浜松
伊豆諸島
神戸
大阪
釜山
海田市
広島
呉
豊浜
川之江
三島
松山
紀伊水道
潮岬
対馬
八丈島
下関
下松
壱岐
御厨
福岡
別府
対馬海峡
土佐湾
済州島
豊後水道
宿毛
五島列島
佐世保
長崎
熊本
延岡
土々呂
口之津
鹿児島
宮崎
太平洋
鹿屋
知覧
都井岬
東シナ海
佐多岬
種子島
屋久島
0
100
200
300
km
日本周辺図

陸軍潜水艦

潜航輸送艇㋴の記録

〔凡例〕

1　登場人物名の後の（　）内の数字は年齢を示す。なお、年齢は平成十二年（二〇〇〇年）九月から十四年四月にかけての取材当時のものである。

2　文中の敬称は、原則として省略した。

3　本書に掲載した写真のうち著者提供以外のものには、各キャプション末尾の〈　〉内に提供者名・出典を示した。なお、「国本書」は、国本康文著「陸軍潜航輸送艇隊出撃す！」を示す。

第一章　潜航輸送艇建造計画

ガ島戦の二の舞いは

日本郵船の貨物船「伊勢原丸《いせはら》」機関長、脇山艮二《わきやまごんじ》（89）＝写真＝は山口県笠戸島の日立製作所笠戸工場の岸壁で、工場製品である鉄道車両の船積み作業を急いでいた。

荷役施設のダンキ（機嫌）がどうにもわるく、なかなか作業がはかどらない。せめて一服とタバコに火をつけたところで、荷役岸壁からすこし離れた船台で「船のようなもの」が出来つつあるのに気づいている。

荷役の作業員に聞くと、「陸軍が潜水艦をつくっている」との返事だった。それも「輸送専門の潜水艦」というのだ。

脇山はすこしばかり驚いている。

あの「鉄砲かついだ兵隊さん」の陸軍が、海に潜る潜水艦をつくっている。それだけでも「へえー」だったが、なんと輸送専門とはねえ、と、こちらの方にも強い興味を引かれたのだった。

そして、一年半ほど前に参加したガダルカナル島（ガ島）の戦いのことを思い出している。

脇山良二

昭和十七年（一九四二年）十一月十三日、憂色濃いガ島の戦況を一挙に挽回すべく、軍は最優秀船を動員しての輸送作戦を実施した。「全軍の希望を乗せ」てラバウル港基地を出撃した十一隻の輸送船だったが、全滅という悲惨な運命が待ち構えていた。脇山はわずかな幸運に恵まれ、辛くも命を拾った。

その日、十三日の金曜日――。古くから船乗りの間で「縁起のよくない日」として知られ、出港、出漁を見合わせる風習があった。そこで、輸送船の船長の中には「出港を一日待ったら」との意見もあったのだが、無視されている。（拙著「ダンピールの海」）

当時、次席二等機関士だった脇山は、一番船の貨物

ガ島への第二次強行輸送作戦で沈んだ日本郵船貨物船「長良丸」。欧州航路の優秀船だった〈「日本郵船船舶100年史」より〉

日立製作所笠戸工場（山口・下松）で建造された陸軍潜航輸送艇試作１号艇。写真は進水直前の状況で、同工場の考案になる特殊な進水用シーソーに載せられている〈潮書房〉

船「長良丸《ながら》」（七、一四八総トン）に乗っていた。

長良丸は欧州航路の近東イタリア線に就航していたディーゼル機関で走る優秀快速船だった。日米開戦の直前、帰りのコースで立ち寄ったセイロン島コロンボで英国官憲に二ヵ月半も抑留されたのち、やっとのことで日本にたどり着いたという船歴を持っていた。

そのせっかくの長良丸も、ガ島を眼前にして敵機大編隊の攻撃によりソロモンの海に沈んでいくのだが、強烈な印象となって脇山の脳裏に刻まれているのは、出港地のラバウル基地で黙々と乗船してくる将兵たちのことである。

異様な姿だった。全員がコメ入りの袋を斜めに背負っているのだ。

「弾丸の代わりに食糧とは……」

戦いを前にして、暗たんたる思いに駆られたのだった。

当時、補給を絶たれたガダルカナル島の日本軍守備隊は極度の飢えにあえいでいた。

「ガ島は餓島」であった。駆逐艦による補給（ネズミ輸送）、機帆船によるアリ輸送、潜水艦による「まる通」モグラ輸送が細々と続けられたのだが、いずれも空しかった。

いま、日立製作所笠戸工場の船台でその全容を現わしつつある「陸軍の潜水艦」を目にしながら、脇山機関長は、そうしたガ島戦のことを思い浮かべている。

惨たんたる敗北に終わったあのガ島戦の戦訓は、どう生かされたのであろうか。

「ガダルカナル戦に始まり、さらにニューギニア戦線が拡大したとき、陸軍は早くも海軍に陸軍を安全に輸送し、弾薬、食糧を補給する能力のないことを感じとったといわれている」

「陸軍にしてみれば、弾薬、食糧が十分にあったならガ島戦に勝てたという思いがあったかもしれない」（脇山「強運の海」）

そこで自前の補給艦を、ということになったのか。それにしても、なぜ、潜水艦なのであろうか。

防衛庁資料には次のような記録がみえる。

「（ガ島など）南東方面の作戦は、補給が作戦の主体であり輸送が決戦であった。輸送作戦不如意の根本原因は敵機の海上に及ぼす威力の絶対性にあった」「かくのごとき敵航空機の制圧下において船舶輸送体制はいかにあるべきか（中略）が重大な問題であった」（防衛庁

戦史室・戦史叢書「大本営陸軍部〈6〉」）

　そこで、ラバウルにあった南東方面作戦の陸軍側最高責任者である今村均《ひとし》中将（第八方面軍司令官。のち大将）は、ガ島撤退作戦に協力した山本五十六《いそろく》連合艦隊司令長官をトラック泊地に訪問したさい、感謝の辞を述べると共に「（補給問題で）潜水艦ノ協力ヲ」申し入れている。

　しかし、せっかくの会談だったが、「遺憾乍《ナガ》ラ十分ナル諒解ヲ得ラレザリシ」という結果に終わった。このため、今村中将は陸軍部あてに次のように報告している。

「特種潜水艦ノ建造ハ予想セラルル戦況上及船舶損失減少ノ為ニモ急ヲ要スルモノト信ゼラルルヲ以テ、中央ニ於テモ海軍側ト交渉セラレ之ガ建造ヲ大幅ニ引上ゲル様御骨折煩ハシ度」（同）

　このように今村中将が、「補給さえうまくいけば当面の作戦は成功する。補給の不可能がすべて（ガ島戦）失敗の原因なので海軍艦艇、潜水艦をもってする補給を是非考えねばならない」と熱心に主張するので、海軍側は「作戦失敗の原因をすべて海軍に帰せんとする魂胆であろう」と反感をもったという記述もある。

トラック島で潜水艦補給について会談した
今村均中将（左）と山本五十六大将〈潮書房〉

海軍としては「連合艦隊の主力は長い間（前線基地の）トラックに在ったため」、今回のガ島戦が一段落したあと、艦隊の「有力なるもの」を内地に引き揚げさせることになっていたという事情もあった。

一方、陸軍にとってこの戦争は、ソ連（当時）との大陸戦を念頭に置いていた従来の戦争概念とまったく様相がちがい、太平洋における島々の争奪戦なのである。「補給が十分できない地点に兵力を配備してガ島の二の舞いとなることは絶対に避けなければならない」といった緊急、かつ切迫した事情にある。

それが、あろうことか、「兵力の集中、展開、補給等ことごとくを依存している」その頼みの海軍が、艦隊を内地に引き揚げる計画があるというのである。

いかにすべきか——。

海軍の内々の事情を察知していた今村中将は、前述の山本会談に先立つ、ガ島撤退作戦終了直前の昭和十八年二月三日の段階で、現地視察に来た参謀次長を通じ、陸軍部に対して次のような思い切った「意見具申」をしている。

「陸軍で駆逐艦や潜水艦をもって直接補給に使用したい」「この方面の軍政の担当を陸軍に切り替えてもらいたい」（同）

これからすると、今村中将は早い時期から、「陸軍が指揮する艦艇」による補給作戦構想を抱いていたのではなかったか。

これは余談扱いになって恐縮だが、海軍が潜水艦を輸送作戦に運用するのを渋ったことについては、こんなハナシもある。

先に優秀輸送船を総動員したガ島輸送作戦のことについて述べたが、脇山次席二等機関士の長良丸に乗っていた将兵のなかに、第三十八師団山砲兵第三十八連隊・陸軍少尉、細木《ほそき》重《しげ》辰《とき》（78）＝写真＝がいた。のち大尉。

長良丸は敵雷撃機による魚雷二発に止めをさされて沈没。細木も海に投げ出されたのだが、味方駆逐艦に救助され、ブーゲンビル島南端の離れ小島バラレに上陸した。

そうこうしているうち、細木少尉らの「居候部隊」は潜水艦へのコメ袋運びを手伝わされている。通称「まる通」といわれていたガ島への食糧輸送艦だった。「艦内狭し」と積み込んだコメ袋の量は「たしか二十トンくらい」であったろうか。また後部甲板には、これもガ島戦線向けの大発《だいはつ》（大型発動機艇）が固定されているのも異様な光景だった。

なお、ここでいう「まる通」とは「日本通運」の通称のもじりで、現在、南極昭和基地に観測資材や越冬食糧を毎年運んでいる海上自衛隊砕氷艦「しらせ」の場合でも、乗組員たちはその輸送任務のことを「まる通」と称している。

細木重辰

さて、食糧を積んだ潜水艦・伊三潜は翌日出港していったが、ふたたび帰投することはなかった。十七年十二月九日、ガ島エスペランス沖で「大発を背負って」浮上したところを米魚雷艇に襲撃され、沈没。戸上一郎艦長はじめ乗組員の多くが戦死した。

輸送艦は一定の会合点（揚陸点）に到着、浮上することになるため、待ち伏せ攻撃を受ける危険が多々あったのだった。そのせいもあって、第一線の潜水艦乗りの間では本来の艦隊攻撃や通商破壊戦ではなく、こうした輸送作戦に使われることについて批判的な空気が強かったといわれる。

「駆逐艦乗組の士官の中には、『我々はマル通（輸送業者）をやるために海軍兵学校に入ったのではない。艦隊決戦のためなら喜んで死地にとびこんで行くが、駆逐艦輸送はもうこりごりだ』と公言する者もあった」（戦史叢書「大本営陸軍部〈6〉」）

細木少尉は、出撃前日のバラレ島基地における伊三潜甲板で、日光浴を楽しむ士官や明るい顔で洗濯していた水兵の姿を思い浮かべながら、

「心ならずも輸送任務に殉じた戸上艦長の心中や如何」

と、一盞《いっさん》の涙をそそいでいる。（偕行社「偕行」平成十年十一月号）

陸軍特殊船異聞

さて、今村中将による「陸軍自前の補給艦」要請の話だが、そこに至るまでの伏線として次のような事件があったことも記しておきたい。

ガ島輸送作戦中、米軍魚雷艇の襲撃により沈没した伊３潜。水中排水量2791トン、全長97.5メートル、乗員60名、14センチ砲２門と魚雷発射管６門を備えていた〈潮書房〉

開戦間もない昭和十七年三月一日――。

蘭印（オランダ領インドネシア）攻略部隊を乗せた輸送船団は、ジャワ島バンタム湾に集結して敵前上陸作戦の準備を急いでいた。そこへ直前に行なわれたスラバヤ沖海戦で敗退、豪州めざして南下中の敵連合軍艦隊がさしかかり、輸送船団護衛の日本艦隊との間で壮烈な海戦が再びはじまっている。

いわゆるバタビア沖海戦である。

「すごいものでした。いんいんと轟く双方の砲撃が船体を震わすほどの大海戦になりました」「曳光弾が幾重もの光の筋となって飛び交い、照明弾がばんばん打ち上げられ、あたりを真昼のように照らしての激しい砲撃戦でした」

日本郵船・元甲板員、足立一男＝写真＝は輸送船団の最後尾に位置していた貨物船「佐倉丸」（九、二四六総トン）に乗っていた。護衛艦艇が煙幕を張って輸送船を守っているうち、こんどは魚雷戦がはじまり、佐倉丸は左舷船腹に魚雷二発を受けた。沈没する船体から足立らは「生あたたかい」ジャワの海に放り出されている。

足立は陸軍報道班員として佐倉丸に乗っていた「フクチャン」で知られる漫画家、横山隆一（平成十三年死去）のことを覚えている。いっしょに投げ出されたのだが、どうしたことか、「渦に巻き込まれるぞ」と声をかけても、ぐずぐずしているのだ。

のち、横山は書いている。

「海に飛び込んだ兵隊は海流に乗ってどんどん離れていった。佐倉丸はイカリを下ろしていたので、位置はそのままである。私は流れに逆らって泳ぎながら、船の沈没を見ようと後に残った」（「日本郵船戦時船史・上」）

あっぱれ、芸術家魂というべきか。

このとき、同時に被雷、大破した輸送船に「龍城丸」という奇妙なスタイルをした船があった。上陸部隊司令官・今村中将はじめ、軍司令部のお歴々が乗船していた。横倒しになった船体から辛うじて脱出した当時五十五歳の今村司令官は、「完全武装のまま」重油の海を泳ぎ、約三時間後に救助されている。（拙著「栄光なにするものぞ」）

このときの今村司令官救出の状況については、居合わせた兵隊や船員たちによって、面白おかしく、のちのちまで語り継がれているところだ。なにせ、「雲上人」の将軍を助けたのだから、話に花が咲くのも無理はない。

戦場における深夜の出来事である。おまけに重油べったりだから、誰がだれなのか、ぜんぜん見分けがつかない。で、救助されて「オレは今村だ」というのもかまわず、「今村も昨日村もあるもんか」「このクソ忙しいときに黙っとれ」
ぶん殴ったというハナシまであるのだが、話もここまでくると、いささか脱線気味というべきであろう。

――今村中将は、このとき、身をもって味わったその強烈な体験から、海上に浮かぶ艦艇あるいは輸送船の無力さ加減を痛感したのではなかったか。

余談になるが、今村中将ら軍司令部のエライさんたちが乗っていた龍城丸の本来の船名は「神州《しんしゅう》丸」といった。陸軍省直属の船で陸軍特殊船（ＭＴ船）とも呼ばれ、「世界最初の軍事上陸用舟艇母船」だった。

船内に大発三十隻、小発十隻を収容する能力を持っていた。捕鯨母船のように開いた船尾門からこれらの舟艇を着水させる。また飛行機の搭載も可能だった。独特の「箱型スタイル」をしており、約二十ノットの高速で走ることができた。

足立一男

昭和九年（一九三四年）十一月の竣工。八千百六十総トン。陸軍が「トラの子」扱いにしていた船だった。その存在を秘匿するため、船名を龍城丸としていたもので、ほかにも「土佐丸」「扶桑丸」（同名船あり）と名乗っていたとの資料もある。

一説によれば、この神州丸を参考にして、米軍はのちに欧州戦線や太平洋戦線で活躍した上陸作戦用艦艇群をつくりあげたともいわれる。

ここらあたり、当時の陸軍部の兵器に関するアイディアにはきわめて独創的なものがあり、本書の主人公である陸軍潜航輸送艇㋴の建造もその流れのひとつではないか、とさえ思えるほどだ。

なお、陸軍特殊船と呼ばれた船は陸軍省直属の神州丸を第一号船として、ほかに民間資本で九隻がつくられている。（「あきつ丸」「摩耶山丸」「吉備津丸」「にぎつ丸」「玉津丸」「高津丸」「日向丸」「摂津丸」「熊野丸」）

しかし、せっかくのアイディアによる特殊船だったが、不利に傾く戦況のなか、本来の機能を生かされることなく終わった。物資輸送に使われ、多くが戦火の海に没してしまっている。このうち、わずかに生き残った摂津丸は戦後、日本水産会社の所有となり、南氷洋捕鯨における冷凍肉運搬船として活躍していたが、事故により喪失した。

写真の神州丸は雑誌「世界の艦船」平成六年十二月号掲載のものである。

「LSTやLSDに代表される第二次大戦中の連合国揚陸作戦艦艇はつとに有名だが、日本陸軍はそれよりはるか以前に上陸作戦用母船（特殊船と称した）神州丸を計画した。建造所は播磨造船所で、昭和九年十一月十五日に竣工している」「極秘のうちに計画、建造されたため、データが少なく、主要目など文献によって異なる。写真は昭和十二年、上海で米海軍が撮影した極めて貴重なものである」

朝日新聞 夕刊

ジヤバ島に一齊上陸

敵聯合軍の本據を衝く

きのふ未明、敵の猛反撃一蹴

大部隊、三方面から進撃

全島戡定も目睫

進攻の經過

事前に一大海戰

戰史空前の上陸作戰

海上から援護猛砲火

敵反攻の據點覆滅

對濠積極戰の基地確保

全島の要塞化企圖

蘭印軍、總兵力約十萬

敵將はポールテン

米の態度は犯罪

蘭印副總督、米を怨む

敵機の反撃なし

ジャワ上陸作戦を伝える朝日新聞記事(昭和17年３月３日付)

と、いった内容の説明文がついている。米国海軍歴史センターの所蔵。いろんな想像力をかきたたせる写真である。撮影年月日や場所からいって、おそらくは米国スパイ団が厳重な日本軍の警戒網をかいくぐり、苦心惨たんの末、やっとのことで撮影に成功したものにちがいない。「米軍がマネした云々」という説もうなずけるような写真である。

これも、ついでに述べると、開戦直後の十六年十二月十日、日本海軍航空隊はマレー半島上陸作戦の「最大の脅威」と受け止めていた英国東洋艦隊の巨艦「プリンス・オブ・ウェールズ」と「レパルス」を撃沈した（マレー沖海戦）。

その直後から海軍は海底に沈んだ二艦の船体探索に乗り出している。

「この英国最新式の新鋭艦には、われわれの知りたいことが、たくさん秘められているはず」（造船会「造船官の記録」）

そこで、日本サルベージ社の救難船「静波丸」が現場に急行。潜水服をつけた専門の潜水員七人による作業を続けた結果、水深五十四メートルの海底に横たわっているレパルスの船体から高角砲弾、機銃弾、双眼鏡などを引き揚げることに成功している。そして最大の目的である「レーダー」探索にかかろうかという、ちょうどそのとき、「ジャワ作戦で龍城丸沈没」の一報が入ったのだった。

静波丸は龍城丸救援のためジャワに回ることになり、せっかくの探索も中止となってしまった。のち連合軍のレーダーには、日本軍は海陸ともさんざんな目に遭わされたことはご承知の通りである。このため、「もし、あのとき龍城丸の件さえなかったら」――そんなハナシが残っているところだ。（拙著「栄光なにするものぞ」）

ぎゃくにいうと、龍城丸こと神州丸は、それほど大切な船だったということになる。

同船は浮揚工事によって引き揚げられ、現地で仮修理を受けたのち、日本に戻った。大修理を受け、ふたたび南方海域における輸送面で活躍していたが、二十年（一九四五年）一月三日、台湾沖で五十機からなる敵編隊の集中攻撃を受けた。屈せず、奮戦していたが、やがて米潜水艦の放った魚雷が致命傷となり、その数奇な運命を閉じている。

ジャワ島バンタム湾上陸作戦時、被雷して擱座、横倒しとなった「龍城丸」（神州丸）。魚雷は味方艦が発射したものだった〈潮書房〉

この龍城丸には、先の方面軍司令部の面々のほかに大本営陸軍部第十課（船舶）の塩見文作技術少佐という陸軍将校も乗り合わせていた。

やがて陸軍潜航輸送艇の誕生に重要な役割を果たすことになる人物である。乗船の目的は「輸送船の対潜水艦問題の研究」にあった。

やはり、この塩見少佐も今村中将と同様、深夜の海を泳がされているのだが、以下、少佐が手記「潜水輸送艇㋴の急速建造」と題して日本兵器工業会編「陸戦兵器総

昭和12年、上海で撮影された陸軍特殊船「神州丸」。満載排水量8600トン、全長156メートルで、多数の上陸用舟艇を搭載した上陸作戦用母船〈U.S. Naval Historical Center〉

覧」の中で記述しているところによれば、「このジャワ島上陸で筆者（塩見）は輸送船の対潜水艦問題に関して、ぼんやりとした一つの考えを得た」とある。

「敵の制空権下にある海域において物資の輸送をすることは、浮上船舶を使って行なうのが一番不利である。空輸かまたは潜航輸送が有利である、と」「敵の航空戦力が強大になれば、航空機よりも水中の方が有利であろう」

やがて、帰国した塩見少佐は、こうした持論を「機会あるごとに」あちこちで吹聴して回っている。かねて無線屋（通信専門）として民間の西村式豆潜水艇に乗り、水中音の伝播状況に関する研究に当たっていた。のちに知られる水中聴音機「す号」の開発である。

陸軍のメシを食っていたにもかかわらず、「潜水艦の何たるかを体験し、また潜水艦はかくあるべきなどのいくらかの意見」を持っていた、陸軍には珍しい人物でもあった。

塩見少佐の登場

さて、話はその塩見文作技術少佐のことになる。

ジャワ島上陸作戦からちょうど一年が経過した昭和十八年三月五日、陸軍第七技術研究所に勤務していたところへ、以前の勤務先である陸軍部第十課課長の荒尾《あらお》興功《おきかつ》大佐から突然の呼び出しを受けている。

荒尾大佐はこの年の一月に南東方面を視察して、南太平洋戦では「航空戦と補給戦がその主体」となっていることを痛感している。そして陸軍部に戻ってからは「予想外に航空勢力の少なきわが軍としては海運資材に画期的改革を加えて人量整備する」必要があり、「船舶輸送体系を陸軍自力で大量かつ迅速に整備する」ことを力説していた。

三月五日付で次のような「海洋決戦態勢の確立強化要領（案）」もまとめている。その一部を抜き書きしてみると、

「陸海軍ハ各々本質ト伝統ヲ異ニシ、其ノ協同ニハ自ラ限界アルハ蓋シ止ムヲ得サルトコロニシテ、作戦ノ基本トナスヘキ需要要素ヲ他ニ依存セントスルハ、動モスレバ作戦ノ自主、且堅実性ヲ欠クニ至ルヘク」

「少クモ航空接敵地区ニ於ケル海洋補給ハ陸軍自体ニ於テ担任遂行スルヲ要シ、之カ為所要

兵力並ニ機関ヲ陸軍自体ニ於テ保有シ、之カ教育訓練整備運用ニ付遺憾ナキヲ期セサルヘカラス」（偕行社資料）

要するに「海洋補給」に関しては、海軍頼みでなく、陸軍自らの手でやろうというものだった。

その荒尾大佐からの急ぎの呼び出しである。

駆けつけた塩見少佐は陸軍部の参謀中佐を紹介された。

以下、先の「陸戦兵器総覧」によれば、大きな作戦地図を掲げた会議室で、その参謀は南方戦線の実状を説明したあと、「結論として陸軍自体で輸送潜水艦を作らざるを得なくなった」ことを打ち明けている。

参謀の話をまとめてみると、次のようなものだった

(1)陸軍部隊が陸軍自体の輸送潜水艦を作りだすこと
(2)海軍には内密に建造すること（建造前に種々の面倒なことの発生を防ぐ意味？）
(3)造船所を使用せずして作ること
(4)建造数は本年（十八年）九月までに二十隻
(5)陸軍部隊のどこで作ってもよい

右のうち、(2)の？入り（　）内文章も塩見少佐の手によるものだが、やがて㋴建造が具体化していくにつれ、やはり海軍との摩擦に苦労させられることになっている。(3)の「造船所

を使用せずして」という文言も海軍対策だった。全国造船所のすべてに海軍の息がかかっている。その海軍に内密で輸送潜水艦をつくるのだから、建造にあたっては既存の造船所は避けよ、という意味だった。

陸軍部内で水中探信儀の説明をする塩見文作少佐。潜航輸送艇を設計した塩見少佐は、水中音響の研究を担当していた〈西村英二〉

のちのハナシになるが、陸軍が潜水艦をつくっているようだという噂が海軍側にも伝わって、塩見少佐は、海軍省で海軍側のおエラ方が居並ぶ前で説明する羽目になっている。

果たして多くの質問が「雨の降るがごとく」飛んできた。これに対して「本艇は敵を求めて作戦するものではなく、輸送専門である」「(海軍の縄張りを侵すことなく)造船所以外でつくっている」などを強調している。

陸軍側の苦しい立場を理解してくれる人が多かったが、「ヘン、陸軍で船ができるか」という提督もいて、塩見をカリカリさせている。そんなもんで、これは別の場面だったが、「このようなことを陸軍にやらせるのは、海軍、あなた方の責任ですぞ」とタンカを切ったこともあった。

さて、陸軍部参謀中佐から一通りの説明を受けた塩見少佐だったが、かねて潜水艦に一家言を持っていたといえ、いきなりの話に「じつに驚いた」「ヤブから棒のようなものであった」と記している。

そして、呼び出しをかけた荒尾大佐からは「国を救うのだ、頼む」とまでいわれて、うーむ、と考え込んでしまっている。

もっとも、この荒尾大佐との問答は、かなりぶっちゃけた内容だったらしい。塩見は「船舶兵物語」と題した旧陸軍高級将校が集まった座談会で次のように発言している。(「偕行」五十九年九月号)

「(荒尾大佐が)やれって言うんですよ。『やれって言われたってなにもタネがないじゃないですか』と答えたら、『こうなったら木造でもいいんだ』と。『木造の潜水艇でもいいから、二十トンでも三十トンでも食糧積んで潜って行く。武器もなにもいらん』と言うんですよ」

「最初一ヵ月に二十隻造れというんです。全部で四百隻造って、それで海洋補給をやるということでした」

ま、ともかくも、返答は保留して、研究所の所長(長沢重五中将)に報告したところ、「このような仕事は本来は研究所でやるべきでないが、目下の状態では研究所でやらねばほかにやれるところはあるまい」との見解であった。それならば、と、以降、塩見は急きょ編成したスタッフと共に東京赤坂にあった研究所にこもり続けている。

塩見少佐は書いている。

「筆者は（西村式豆潜水艇により）日本近海を水深二百メートルぐらいの海底までの音響伝播を調査していた。したがって、筆者と潜水艇とは切っても切れない縁のようなものがあった」「このような体験により、このとてつもない大きな（輸送潜水艇）建造も筆者にはそれほど恐ろしいものではなかった」（手記）

日立製作所笠戸工場で㋴試作1号艇の建造開始時に行なわれた打鋲式。壇上で鋲を打つのは7研所長・長沢重五中将〈国本書より〉

そして一ヵ月後の四月には「潜航輸送体研究経過の概要」をまとめて陸軍部に提出した。六月には日立製作所笠戸工場で第一号艇建造の起工式を行なうという早業だった。

なんとも鮮やかな手際のよさである。

ここらあたり、ほんとうのところ、どうだったのであろうか。

たとえば「㋴部隊略史」によると、基本設計は「昭和十八年一月に完成」とある。㋴部隊将校が書き残したものにも「一月」説を採用しているものがほとんどだ。「各方面の協力を得てようやく設計図が十八年一月に完成」といった記述である。

もし、この通りとするならば、塩見少佐の記述にある三月五日時点で荒尾大佐との間で交わされた「頼む」「ヤブから棒」問答は、どう解釈したらよいのだろうか。「頼む」と懇請されて引き受けたその二ヵ月も前に、すでに基本設計図ができていたというハナシなのだ。

これに関して「偕行」（五十九年六月号）には次のような座談会の内容が掲載されている。テーマは「船舶兵物語・決戦舟艇の開発」。発言者の顔ぶれは元陸軍参謀本部などの船舶・運輸関連部門にいた佐官クラス以上の人たちである。


「ⓨというのは昭和十七年三月ごろ開発命令が出たんじゃないですか」

「兵器行政本部へ『なんとか海の底をもぐって行ける補給船はできないか。いや、どうでも造ってほしい』と」

「それが十七年三月じゃないですか」

「そのとき大体設計のアウトラインは指示されたのですか。このくらいの貨物輸送艇を作れというような……」

「とにかく適当にうまく運ばれるものを考えてくれということだけだった」

この座談会からすれば、陸軍部内にはガダルカナル島攻防戦が始まるずっと以前の十七年初期の段階において、すでに陸軍独自の「貨物輸送艇」なるものの構想があり、設計づくりを指示されていたことが分かる。従来いわれている「ガ島戦の敗退が㋴建造の契機となった」というハナシとまったく異なる内容である。

一体、どういうことか。

考えられるのは、どうしても大量の物資・兵員を運ぶ必要のある陸軍は、太平洋戦争初期の段階で敵の制空権下にある海域では潜航輸送しかないことに、いち早く気づいた。このことは前項までに記した今村中将の「陸軍自前の補給艦」建造要請があったことからも分かることだ。

そこで研究に着手したのだが、当初は勝ち戦さの連続だったから、さほどの緊急性を感じていなかった。それが、ガ島戦敗退というかつてない異常事態にぶつかって、「前に話が出ていた貨物輸送艇の件、あれはどこまで進んでいたっけ」ということになったのではなかろうか。

――ひと通りの構想はあった。ガ島戦の無残な結末により、にわかに現実味が出てきて緊急度が高まった。せっつかれて十八年一月、基本設計図が完成した。だが、上層部としては建造に踏み切るには迷いがあった。

そこへ荒尾大佐の現地視察報告があった。「海洋決戦態勢の確立強化要領」案も提案されたものだから、正式に建造ＯＫのサインを出した。そこで直ちに荒尾大佐は、かねて腹案にあった塩見少佐を呼び出し、貨物輸送艇の研究・開発責任者に任命した。同時に基本設計図をも引き渡したということになろうか。

海にズブの素人である陸軍としては、ほんのちょっぴりでも潜水艇を知っている者はほかにおらず、塩見少佐に白羽の矢を立てたのだった。

塩見少佐自身も、その記述の中では「じっに驚いた」「ヤブから棒のような話」なんてトボケてはいるものの、こちこちの陸軍軍人でなく、「都の西北」「進取の精神」の早稲田大学理工学部卒業という柔軟な頭を持っていた人物だ。

あの龍城丸沈没という体験から得た貴重な教訓に加え、西村式豆潜水艇による潜航体験も豊富である。こちらの方も、ひそかにそれなりの「潜水艦」研究をすすめていたというのが正解なのではあるまいか。

西村式豆潜水艇

さて、以上は、陸軍部の内部資料でみる潜水艦建造計画が浮上するに至るまでの経過なのだが、そのころ、意外にも民間でそうした動きがあったことを特記しておきたい。

これまで、しばしば登場していた「西村式豆潜水艇」にまつわる物語である。

「ガダルカナル島の悲惨な敗戦を知り（中略）、密かに陸軍参謀本部に車を飛ばし、物資や兵員の潜水艇による水中輸送を提議」「（これにより軍は）水中トラックとして、多くの簡易潜水艇を建造する事に決し、取り敢えず、（東京）赤坂溜池三会堂の私の深海研究所を使用し、陸軍第十技術研究所（七研から分離）を開設」した。

「私の指導のもとに、軍の技術者多数と私の従業員を指揮し、設計及び工事監督あるいは兵隊の艇運転操縦教育に、病中を押して懸命に努力を続けたのであります」

右の文は、東京赤坂にあった西村深海研究所を主宰していた西村一松（昭和三十二年五月、七十四歳で死去）の昭和三十一年における口述筆記をまとめたものである。（岩崎狷治編「西村さんを偲ぶ」）

豆潜水艇を発明・
建造した西村一松

西村は山口県大津郡三隅村の出身。地元はもちろん、広く中国青島や台湾基隆にも手を広げて以西底引き漁業を営んでいた。さらには南洋群島（現ミクロネシア）の開拓にも乗り出すなど、野心的な事業家でもあった。

学歴こそなかったが、私財で建造した南洋群島移民用の帆船「南洋丸」は自身で設計したものだった。さらには船舶の内燃機関、モーター、電気関係にも詳しいなど多彩な才能の持ち主だった。そのころ、西村は周りから「どこで技術を習得したか」と聞かれ、「自分の技術は注意力の集積にすぎない」と答えている。

昭和四年（一九二九年）、深度四百メートルまで自力で潜れる潜水艇一号（十四排水トン）を考案、建造。十年には一号改良型の二号（二十四排水トン）をつくっている。「西村

西村一松が建造した西村式豆潜水艇。上は昭和４年に台湾・基隆で完成した第１号艇。下は昭和10年８月３日、横浜船渠で進水する改良型の第２号艇〈西村英二〉

式豆潜水艇」といわれるもので、「自走性と作業性」を持った世界初の深海潜水作業艇であった。建造に当たっては、当初、三菱造船所に依頼しようとしたが、「経験がない」として断わられた。それで止むなく、設計図と製図を台湾基隆の小さなボイラー工場に持ち込み、一年がかりでやっと完成させたというエピソードが残っている。（のち、建造された㋴四十隻のうち二十四隻までがボイラー工場である日立製作所笠戸工場でつくられているのも、西村の鋭い洞察力を物語っているようだ）

つい最近の平成九年（一九九七年）に発刊された日本造船学会「日本造船技術百年史」に

も「世界初の潜水船」として、この一号艇が写真入りで記載されている。それほどの高い評価を受けた、日本が世界に誇る潜水艇であった。

改良された二号艇は全長十・七八メートル、船幅一・八三メートル。潜航深度三百五十メートル。ディーゼル機関によって自力航走ができ、水上速度六ノット。また水中は蓄電池で走り五ノット。潜航時間は十時間。艇内の空気は炭酸ガス吸収管、酸素補給器によって浄化できるようになっていた。

船首部には、当時としては革新的なアイディアである作業棒（マジックハンド）が二本ついていて、二つの窓から海中を見ながら作業できた。乗員四～六人で、ときには乗客を乗せて潜航したりしている。

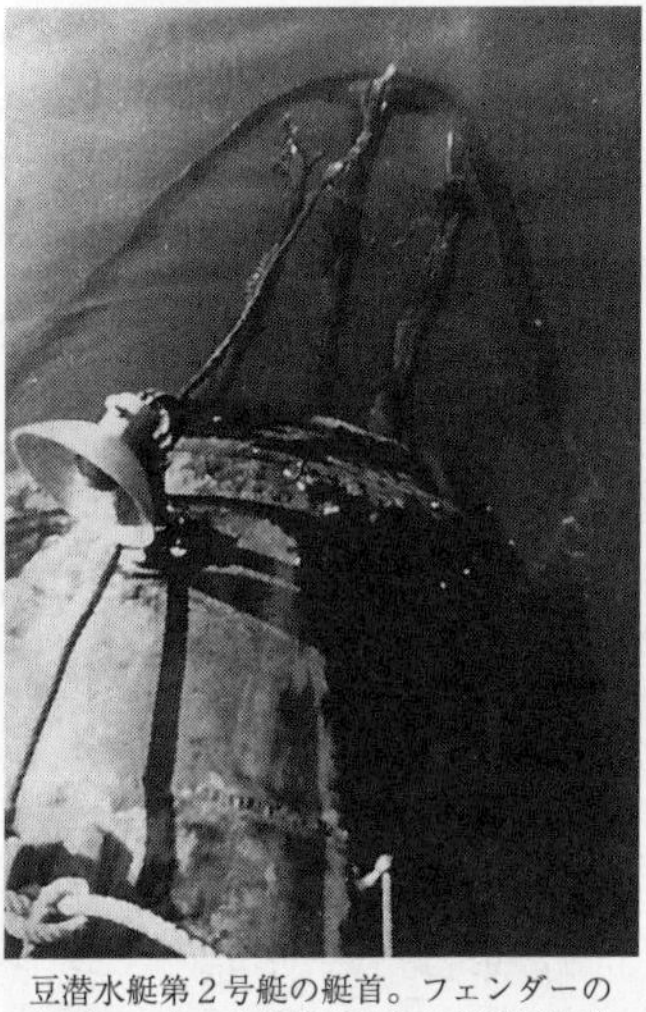

豆潜水艇第２号艇の艇首。フェンダーの内側に２本の作業棒が見える〈西村英二〉

余談になるが、この世界初の潜水艇について日本放送協会（ＮＨＫ）静岡放送局が大いに興味を示し、昭和九年七月十日、長笠原栄風アナウンサーを伊豆沖で潜らせ、「海底の神秘を探る」といったタイトルで実況ラジオ放送をさせている。

そのころ人気絶頂の冒険小説作家・南洋一郎《みなみよういちろう》も、試乗してみてすっかり気に入り、その体験をもとに「魔海の秘宝」「海底の黄金塔」を書いた。また、これも同じ南洋一郎が企画した海洋冒険映画の小笠原沖ロケでも、この豆潜水艇がカメラマンを乗せて撮影用に使われている。

もっとも、このときは、潜水夫に扮した男性俳優が海底で人工のゴム製大イカと格闘するシーンを撮影中、なんと破船の陰から「世にもおそろしい」本物の巨大イカが現われたものだから、周囲がぶったまげてしまった。潜水服の俳優はこれを知らず、台本通り、ひょっこりひょっこり破船の方へ向かっていったから、たいへんな騒ぎになったという話が残っている。（日本海事広報協会「海の世界」昭和四十一年十二月号）

この二艇は、昭和十二年に計画された関門海峡海底トンネル掘削のための海底調査、十四年には潜水艦伊六三遭難沈没事故の調査救難に当たった。さらには太平洋戦争開戦時、ハワイ真珠湾やシドニー湾を攻撃した海軍特殊潜航艇の建造に当たって「少なからず有益な資料を提供」したといわれる。

また、「陸軍の水中探信機、探雷機、水中聴音機に非常に大なる貢献をした」。（「陸戦兵器総覧」）

戦争になって二艇とも陸軍省に提供され、主として日本海における「水中音響の研究」に従事していた。

西村一松の甥に当たる元海軍中尉、西村英二（79）＝写真＝によれば、

「というのも、陸軍は大陸作戦に備え、朝鮮海峡に目を向けていたからです。太平洋にばか

豆潜第２号艇に試乗した冒険小説作家の南洋一郎(手前)。
豆潜はこのほかラジオのアナウンサーを乗せての生放送、
海洋冒険映画の撮影などにも活躍している〈西村英二〉

り目を奪われていた海軍は日本海を軽視していて頼りにならない」「そこでソ連の潜水艦隊に対処すべく、陸軍だけで独自の対潜作戦を考え、水中音響伝播の研究をする必要があった。そのためには手軽に潜れる潜水艇が不可欠だったのです」

そんなこんなの関係で、西村一松は陸軍省嘱託となっていた。

こうしたことから、先の「西村さんを偲ぶ」の中で記述されているような、「密かに参謀本部に車を飛ばし」て輸送潜水艇構想を提議するといった民間人にあるまじき芸当ができたのだった。

なお、この西村式豆潜水艇の二隻は、終戦直後、ゆ関係者の懸命な奔走も空しく、米軍の手によって爆破処分されている。ただ、これを模して海軍がつくった潜水作業艇二隻のうち、一隻は戦後解体されたが、もう一隻は行方不明となっていた。昭和四十八年、米国東海岸ニューポートの海洋博物館に展示されているのが分かり、日本で返還運動が一時は盛り上がったのだが、そのままになっている。

さて、㋹建造計画の進み具合の方だが、塩見少佐ら十研関係者の努力により、さらには大本営陸軍部あげてのバックアップもあって、初めは冷淡だった海軍側もだんだん協力を惜しまないようになっている。

㋹ができれば輸送面で海軍も助かるし、その一方で陸軍が「イロハから苦労している」のを見兼ねたからであったろうか。

たとえば、こんな記述もある。

「一番困ったのは潜望鏡なんです。これを陸軍が作ろうと思っても作ってくれるところが全然ない。それで海軍の方でいくらかでも余っているものがあったら分けてもらおうではないか、というんで海軍の艦政本部と軍令部にお百度を踏みました」

「海軍も陸軍が輸送潜水艇を造ってくれれば海軍の負担が減る。できるだけ協力する、幸い潜望鏡は相当在庫があるから用立てようと了解してくれた」「潜望鏡は後の艇のものも全部海軍からもらった」（偕行社資料）

次なる問題は、建造先の選定について、であった。

予想通り、これが厄介だった。

海軍の縄張りとなっている既存の造船所には入り込む余地はない。無理して海軍を刺激したくはない。

あれこれ思案しているうち、妙案が浮かんでいる。

「目的が戦闘ではなく輸送だから、丈夫で安全に動ければよい。水圧に強いのは円形である。円形の筒を作るのは、造船所以外では製缶工場しかない。これでやってみようと決定」したとある。（同）

こうして、ボイラー工場、機関車製造工場、さらには鉱山機械製作所といったところにも協力を要請することになっている。

最終的に㋴建造工場となったのは、紹介済みの日立製作所笠戸工場（下松《くだまつ》）はじめ、日本製鋼所広島工場（海田《かいた》市《いち》）、安藤鉄工所（東京・月島）、朝鮮機械製作所仁川工場の四工場だった。

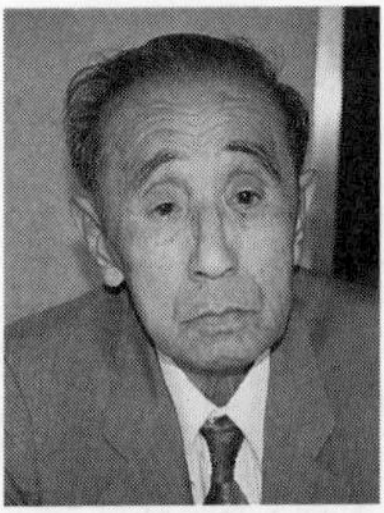
西村英二

「日立製作所笠戸工場は鉄道機関車の製造工場として日本第一位を誇ったところであるが、当時は機関車の製造を一部ストップして、陸軍の大発（大型発動機艇）をつくっていた」「建造を担当することとなった工場側も陸軍側も、潜水艦はもちろん、船舶については全くの素人ばかりで、すべてがゼロからの出発といってよかった」（西村英二元海軍中尉・手記）

この西村英二海軍中尉は、すでに述べたように西村一松の甥に当たるところから西村式に詳しいのは当然だとしても、もうひとつ、西村自身、中央大学経済学部を中退した学徒動員組で、特殊潜航艇「甲標的《こうひょうてき》」、続いては「蛟龍《こうりゅう》」艇長として特攻訓練を受け、潜水艇には詳しいという経歴を持ち合わせた。

その訓練中、広島・呉の沖合であのキノコ雲を目撃してもいる。

そうしたこともあって、㋴についても無関心でおられず、戦後、いくつかの手記を発表しているところだ。

かくて、「陸軍の潜水艦」は、西村一松という一民間水産人の天才的、独創的考案による豆潜水艇とアヤなし、さまざまな人間模様を織り込みつつ、その奇怪な姿を徐々に浮上させていく。

第二章　ⓨ部隊の発足

現場の戸惑い

そのころ――。

ⓨ建造計画が本決まりになった昭和十八年（一九四三年）三月のことだが、遠く満州（中国東北部）の地にあった戦車第一師団歩兵第一連隊、矢野光二中佐は「広島宇品の船舶司令部」への転属を命ぜられている。のち大佐。

これまでと畑違いの船舶司令部とはどんなところなのであろうか。首を傾げながら赴任してみると「貴官はモグルんだぞ」なんて、いわれている。

それで合点がいった。

「ははあ、また軍服を脱いで地下に潜るのか」

すこし前のことになるが、矢野は駐蒙軍参謀部調査班長の肩書きで関東軍ハイラル特務機関にいたことがあった。かつて大阪外語学校（後の大阪外語大学）へ陸軍委託学生として派遣され、蒙古語を学んでいた。

特務機関員は、ま、いってみれば、情報を探るスパイみたいなもんだ。

そこで「また地下に潜るのか」と思ったのだった。(矢野・手記)

そんな矢野だったが、さっそく㋴部隊の潜水輸送教育隊編成が命ぜられている。へっ、と思ったが仕方がない。そして、同じように面食らった表情で集まってきた将校たちの顔ぶれを見て、あらためて溜め息をつくことになっている。

「驚いたことには、これが、みな、歩兵か機甲部隊(戦車部隊)ばかりである。船舶兵出身のものは一人もいないのである。船や海の知識など、全然ない連中ばかりである。私は思わず『ウムー』とうなった」(同)

ともかくも、とりあえず集まった計六人の将校だけで「潜航体験」のため、例の西村式豆潜水艇による訓練が始まっている。この六人は、やがて㋴部隊の基幹将校として育っていくことになる。

西村深海研究所の民間ベテラン指導員から指示を受けるのだが、そのさい、船舶司令部からは「間違っても全員が同時に乗艇しないように」といわれている。なんのことかと聞いてみると、「万一の場合、基幹将校の全滅を避けたい」という返事だったから、すこうし海が怖くなっている。

なにごとも勉強とあって、身なりなんか構っておられない。それに㋴の存在は「極秘扱

潜水輸送教育隊創設時の基幹要員。左から近藤二郎中尉、上野忠夫中尉、佐藤秀信大尉、矢野光二中佐、青木憲治少佐、速見綱一中尉。昭和18年、宮島で撮影〈西村英二〉

い」でもあった。全員が階級章なしの作業服、腰には手ぬぐい、地下足袋といったスタイルだった。

矢野が造船所の「工員食堂」で工員と同じ昼食弁当を食べていたら、これも㋴の将校が所用のため制服の軍服姿でやってきた。係員が特別食が出される高等官食堂へ案内しようとする。「おれはいいんだ。それよりも、あそこで工員弁当を食べているのは部隊長の中佐さんだよ」と、指さしたら、相手が飛びあがったということだ。

また、豆潜水艇の係留場所がある工場正門を通って入場するさい、衛兵に「こらあ、そこの工員、敬礼せんか」と怒鳴られている。こちらも「あわてて敬礼して通った」と、矢野は手記の中で苦笑まじりに書いている。

その矢野中佐を長とする㋹陸軍潜水輸送教育隊が愛媛県三島町（現伊予三島市）に開設されたのは昭和十八年十月三十日のことだった。

多くの将校、下士官兵たちが、北や南の戦地から、中国大陸の戦線から、あるいは内地の部隊から、続々と集結して来ている。いずれも、㋹ってなんだろう、どんな任務を帯びているのか、といった顔つきであった。

「満州の国境守備隊で砲兵として勤務しておりましたので、輸送船の監視要員と思い、広島へ参りました。村中部隊に配属になり、南方に点在している陸軍の部隊へ陸軍で物資輸送しなければならない状況になっており、しかも制空・制海権を敵にとられているので潜水艇にて輸送するのだと聞き、日本はどうなることかと驚きました」（九州地区㋹戦友会「㋹戦友会回想録」）

「野戦の中支（中国中央部）湖北省で飲み水やマラリア等に悩まされ、内地の水のありがたさを思い知らされました。マラリアによる発熱も幾度となく、苦しい思い出があります。命により伊予三島の矢野部隊に転属となり、陸から海へ大変身でした。『烏が鵜の真似』とは、まさにこのことか、と」（同）

「満州東部国境の戦車隊から急きょ転属命令、広島の船舶司令部へ」「宇品埋め立て地の広大な営庭は大陸各地からの転属してきた古兵や新兵で埋まった。この宇品の急造バラックで落ち着かない三、四日を過ごした私たちは、四国伊予三島に新設された潜水輸送教育隊㋹の要員となる」「いかにも大陸帰りらしいヒゲ面の古参兵も、可愛い初年兵もおなじことを教

西村式豆潜水艇による㋹部隊基幹要員の潜航訓練。豆潜は訓練海域まで曳航されて移動するが昇降ハッチの位置が海面に近く、波の高い日には移乗が困難だったという〈西村英二〉

えこまれたのである」（金澤一編「㋹仁川派遣隊概要」）

これら最終的には将校、下士官、兵を合わせて約三千五百人にも達したともいわれる㋹隊員の選考基準については明らかではない。

ただ、将校も含めて戦車兵出身が目立った。操縦、砲、銃器、通信の戦車四課目の教育を受けている。エンジンにも詳しい。さらには、もうそのころともなると、陸軍では戦車の生産を事実上ストップさせて㋹の緊急生産に比重を置くようになっていたことから、余剰兵力となった戦車兵からの転用が多かったといわれる。

また、のちにも出てくるが、なんらかの特技——たとえばエンジン、自動車、機械、造船、製図、測量——などに少しは精通している者が優先的に選抜された形跡があるところから、当然のことながら、なんらかの基準が設けられていたものとおもわれる。

一方、㋴の建造計画の方はどうであったろうか。

このころの陸軍部の動静を扱った防衛庁資料によれば、陸軍における「輸送用潜水艦」の製作・試作の順位は「航空に次ぐ扱い」とする、とある。陸軍は㋴を「決戦兵器」と位置づけ、航空機に次ぐ最重点生産兵器とみていたのだった。

陸軍部兵器行政本部が十八年九月十日付で作成した㋴の生産予想によれば、年度中の生産計画八十二隻のうち、とりあえず七十三隻は完成するものと見込まれている（左表）。またこの表の「備考」欄の㈠を読むと、「当初ノ予定九〇隻ニ向ヒ努力」と書かれており、その程度までは建造する計画があったことがうかがえる。（戦史叢書「陸軍軍需動員〈2〉実施篇」）

陸軍中尉、宇野寛《うのかん》（79）＝写真＝は満州北部に駐屯していた戦車第二連隊からの転属組だった。のち大尉。

一年前の十七年三月、フィリピン戦線における第二次バターン半島攻略戦に参加していた。米比軍総司令官マッカーサー大将を「生け捕りにしてやる」と張り切っていた。ところが、満州と南方熱帯地の気候は大違い。重装備で駆けずり回っているうち、マラリアにかかってあえなくダウン。北満州の戦車連隊に戻っていた。

⑲ニ対スル現在ニ於ケル生産予想　一八・九・一〇　兵政本

会社別＼月別	九月	十月	十一月	十二月	一月	二月	三月	計
日立		一	六	八	八	八	一〇	三九
朝機			二	四	四	六	八	二四
安藤		一	一	二	二	二	二	一〇
日本製鋼				(一)	(二)	(三)	(三)	(九)
計		二	九	一二 (一三)	一四 (一六)	一六 (一九)	二〇 (二三)	七三 (八二)

備考

一　試作艇ノ重量計算、設計変更、臨海設備等ノ為予想外ニ時間ヲ要シ試作艇ノ完成約一ケ月遅延セシ為　当初ノ予定九〇隻ニ向ヒ努力ハスルモ期待薄ナリ

二　日本製鋼所ハ目下着々準備中ナルモ臨海設備建設地ノ埋立ニツキ困難ニ逢着シアリ　目下ノトコロ本社ノ九隻ノ全部ヲ期待スルハ危険ナリ

三　本表ハ将来ノ資材入手、設備拡充、資材輸送、工場指導等ニヨリ増減アルヲ予想セラル

四　附属品、部品ノ整備ハ概ネ順調ニシテ船体以上ニ進捗シアルモ一部海軍ト折衝ヲ要スルモノアリ（水防羅針儀、六分儀）

兵器行政本部が昭和18年９月10日付で作成した⑲生産予想〈防衛庁資料〉

昭和17年３月、フィリピンへ出征を前にした宇野少尉〈宇野寛〉

そこへ例の船舶司令部転属の命令なのである。

戦車兵が船舶行きとはどういうことなのか。「不審を抱きながら」船舶司令部に着任したのだが、「航空兵科を除く各兵科の将兵が全国にわたって参集して」きているのに、あらためて驚かされている。

ここで、ちょっと話を急ぐようだが、宇野中尉は、この(ゆ)に関して、いくつかの強烈な記憶を持ち合わせているので、先に紹介しておきたい。

十八年十二月八日（開戦から満二年の日）、日立製作所笠戸工場で完成した待望の(ゆ)試作一号艇が陸軍に引き渡された。同三十日、山口・柳井湾で潜航テストが行なわれた。

陸海軍のお歴々が見守るなか、モデルの西村式豆潜水艇が停止の姿勢でそのまま沈む沈降型であったように、この試作艇も「すぽーん」と潜っていっている。

この沈降式潜航法は、海軍式と比べて高度の技術を必要としないという側面があったのだが、ともかくも、すぽーんと沈んでいった(ゆ)に陸軍側が「潜った、潜った」「成功」と大はしゃぎだったのに対し、海軍側は「落ちた、落ちた」と騒然となったということだ。

日立製作所笠戸工場で沈降試験を行なう㋴試作1号艇。艇首、司令塔、艇尾の3ヵ所に計測用のゲージが取り付けられている。㋴は停止状態で潜航するのが基本であった〈潮書房〉

「落ちた」とは海軍の用語で「沈没した」という意味だった。

当時、ランチに乗って視察に来た海軍要人の案内役をしていた宇野によれば――、

「あまりにも対照的な光景でした。海軍潜水艦は水上航走の姿勢から潜航に移るものでしたから」「長年の経験がある海軍方式でなく、こんな潜り方でいいのかいナとも思いました」

この潜航テストに関連しては、前にも引用した「偕行」（昭和五十九年六月号）には次のような座談会記録が記載されている。

「海軍の急速潜航は、航海中に四つのヒレを使って潜るんです。ところが陸軍の方は七研（第七技術研究所）がうまく設計したんですね。停止したまま沈む。そういう安全性はあったんです。それをむしろ建て前にして設計したらしいんですね」

「その方が心理的に怖くないからだし、戦闘が目的でないから、早く沈んで動かずに隠れているために有効ということだった」

「日立の笠戸工場でテストのときに海軍の参謀が私のわきで、垂直に沈むなんて、海軍の常識では考えられない。『危ない、危ない』なんて最後までいっていた。（笑い）」

「沈没すると思ったんだな」

「海軍の将校が青くなって、『演習中止』とかいっちゃってね。ぼくは『違うんだ』といって、なだめたことがある。これは名設計と名訓練のお陰ですよ」

「名設計」か、どうか。

「名訓練」であったか、どうか。

㋴建造工場、㋴隊員教育隊——。なにしろ前代未聞の陸軍による輸送潜水部隊づくりなのだ。さまざまな難問題に直面しながら、戸惑いつつ、混乱しつつも、それぞれの現場で懸命の努力が続けられることになっている。

設計現場の苦心

塩見文作技術少佐ら陸軍第七技術研究所のスタッフが打ち出した㋴設計構想は次のようなものであった。これには西村式豆潜水艇をつくった西村一松・深海研究所長の協力があったことはもちろんである。

「(西村氏は)自分たちの建造および運用の経験を細大もらさず教えてくれた」
以下、塩見少佐の手記「潜水輸送艇㋴の急速建造」でみる建造要領は――、
(1)陸上で部分的に作り、これを軌条上で組み立てて進水する
(2)リベットジョイント部を極力少なくし、必要欠くべからざるところだけにとどめる。耐圧殻はいうにおよばず、外殻その他ほとんど大部分を溶接する
(3)トン数は三〇〇トン程度とする
(4)耐圧船殻を強くして水防バルケットを全廃し、配管その他を簡単にする
(5)乗員をできるだけ少なくする
(6)ボイラー製造技術でだいたい建造できるという程度の設計とする

このうち、(2)の「リベットジョイント部を極力少なくし」「大部分を溶接」の項は注目されるところだ。

前項で登場した宇野中尉は、その後、昭和十九年一月、㋴建造四工場のうちの一つである日本製鋼所広島工場(海田市《かいたいち》)で完成予定の㋴艇長に擬せられた。そこで、選抜した隊員二十四人から成る海田市派遣隊を結成し、工場に出かけている。

宇野はその手記の中で次のように書いている。

「着任すると、電気溶接で形成された船体が三個のブロックに分割され、キール台上に並べられていた。数日後には互いにリベット締めで結合されて一体となり、㋴の勇姿に変わって

いった」「電気溶接工法は陸軍が自慢できた唯一のものである」（丸・別冊「秘めたる戦記」太平洋戦争証言シリーズ⑲）

当時、海軍は船体の強度を損なうとして電気溶接工法を敬遠する傾向にあった。溶接技術や溶接資材が今日ほど発達していなかったこともあって、造艦上の常識として「溶接は危ない」といわれていた。

話はそれるが、この海軍の電気溶接工法に対する忌避傾向は、昭和十年（一九三五年）に発生した「第四艦隊事件」に起因している。

演習のため特別編成の第四艦隊が津軽海峡を通過中、猛烈な台風に遭遇。多くの艦が船体構造や艤装部分に損傷を受けた。真の原因は船体強度設計上の強度不足によるものだったが、このときは電気溶接が船体強度に及ぼす影響が考えられるとして

「溶接使用範囲を大幅に制限することが妥当」

という結論となり、これが長く尾を引くことになっている。（「日本造船技術百年史」）

これに対して㋴の場合、機関車やボイラー製造工場が建造現場である。大きなドックを備えた海軍工廠や造船所とはわけが違う。そこで、陸上で艇体を三ブロックに分けてつくっている。

各ブロックを溶接で仕上げ、それぞれに内部構造物を据えつけた。このあと、(1)にあるように軌条（レール）上で合体させ、その合わせ目をリベットで仕上げる（リベットジョイント）という方法をとったのだった。

この工法は重量軽減と工期短縮が計られるうえ、量産体制に向いていた。塩見少佐らのねらいも、ここらあたりにあったものとおもわれる。

笠戸工場で㋴建造に当たった「日立製作所史」も、そこらあたりの苦心談を記しているところだ。

「当社は十八年春、陸軍から㋴と称する物資輸送用潜航艇の設計、製作を命ぜられ、従来、蒸気機関ならびに船用ボイラを製作していた笠戸工場がこれを担当した。

しかし、ボイラが主としてリベット接合であるのに対し、耐圧船体は全溶接方式が採用されたので、特に溶接技術の改良普及と高度化をはかり、陸軍と共同して設計に当たったが、各装備とも本格的な潜水艦用のものでなく、一般陸上用設計を流用したこと、乗組員が陸兵のため操作方式を簡素化した」

また、塩見少佐の「建造要領」(4)にある「水防バルケットの全廃」も、極めて大胆な発想だった。

万一の場合、主要部に設けた隔壁・仕切り壁（バルクヘッド）でもって浸水を遮断、艇の沈没を防ごうというものだが、これも塩見少佐手記「潜水輸送艇㋴の急速建造」の記述から引用してみる。

船体組み立て方式図

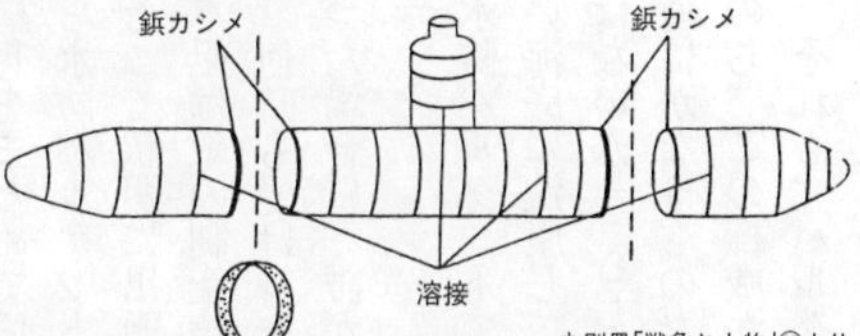

――丸別冊「戦争と人物」⑱より

構想をまとめている段階で、どう情報が漏れたのか、退役していた元海軍艦船建造の権威から水防バルケット廃止は「非人道的である」との批判が出た。

そこで釈明に出頭した塩見は、次のように反論している。

「本艇は敵の制空権下で輸送するものである。瀬戸内海などで演習するための練習艦ではない。何時も受け身で重大な任務を遂行させるためのものである」「被弾その他で浮上不能になった場合に、誰が救いにきてくれるであろうか。恐らく救助されることは全然期待できない」

「水防バルケットでいかに十分に仕切って乗員の生命を保持しようとも、救助されるはずのない海底に沈座してその死を待つのは、これこそ真綿で首を締める以上に人道に反するものではないか」「むしろいっそ、ひと思いに海底の藻くずと消えた方がよいと思う。これこそ人道にかなうものだと思う」

のち、この権威からは、ドイツでも小型潜水艦で水防バルクヘッドを取り外しているようだ。それも、バルクヘッドを取り去った重量分を弾薬、食糧を積むことによって補いたい、という乗組員からの要望に基づくものである――。そんな「最近ドイツ潜水艦情報」が塩見少佐の元に届けられている。

それはともかくとして、この人道問題に関する塩見の発言はずいぶんと思い切ったモノのいいようである。だが、海軍潜水艦乗組員が書き残した資料などを読んでみると、確かに塩見のいうような側面がないでもないようだ。

試作2号艇（ゆ2002号艇）一般配置図

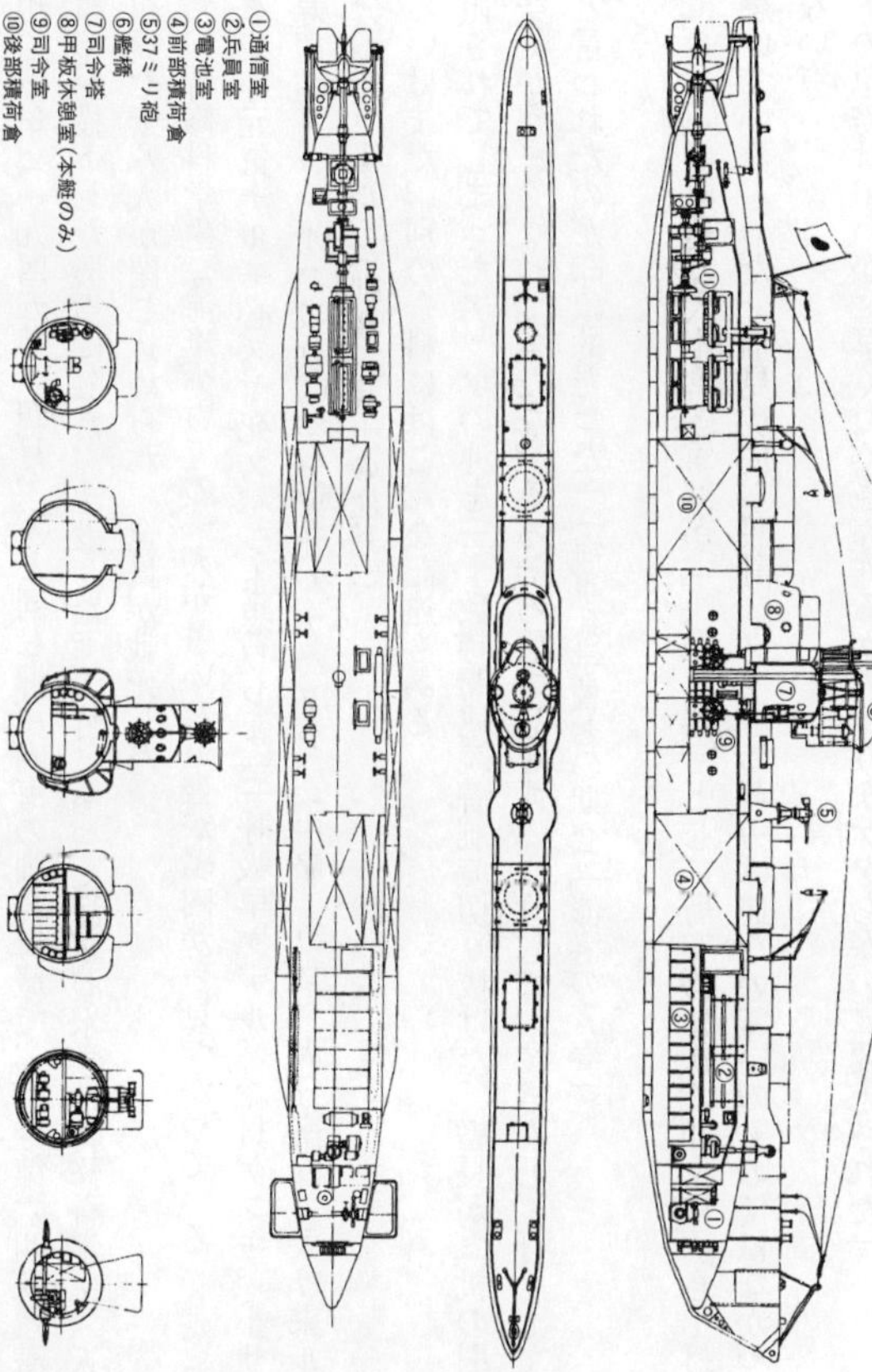

①通信室
②兵員室
③電池室
④前部積荷倉
⑤37ミリ砲
⑥艦橋
⑦司令塔
⑧甲板休憩室（本艇のみ）
⑨司令室
⑩後部積荷倉
⑪機関室

——「世界の艦船」昭和60年12月号より

たとえば――、

昭和二十年（一九四五年）四月、ゆと同じ瀬戸内海の訓練海域で、呂号第六四練習潜水艦が米軍機が投下した機雷に触雷、沈没した。大竹にあった海軍潜水学校特修科学生六人を含む乗組員七十八人が閉じ込められ、全員が戦死した。

のち、特修科学生（海軍少尉）の一人が書いた遺書が艦内から見つかっている。

「未ダ我等元気ナルモ必ズヤ死スベシト思ワレル」「呼吸早クナル。総員ゲンキ。小サキ部屋ニ寿司詰メシタルニヨリ、空気悪化ハナハダシ。（中略）ガス、大分室内ニ入リ来ル。呼吸大分困難トナル」（拙著『兵士の沈黙』）

あるいはまた、別の資料にはこんな記述もある。

「占領されてしまったアッツの沖を三十数時間連続潜航で切り抜けた。艦長が『机の引き出しの空気がうまくなってきたな。そろそろ肩で息をするようになってきたし、浮上してみるか』と言われたのが印象的だった」（海軍兵学校七〇期会『澎湃の青春』）

なにせ、ゆの建造は大本営陸軍部が「決戦兵器」として航空機に次ぐ順位に引き上げ、生産を急いでいるものだ。塩見少佐ら設計スタッフの苦労は並たいていのものではなかったに違いない。

「目下の急務は、いかに早くたくさん作るかのほうがケタちがいに要求された」

とにかく急げ、急げ、と、そんな具合だったから、たとえばゆが潜航中に発する「音」に

公試中の試作１号艇。本艇は陸軍に引き渡されてのち㋴１、
または下松１号艇と称された。陸軍独自の設計で建造された
㋴は、不具合を抱えながらも量産化が急がれた〈国本書より〉

ついてもまったく考慮が払われていない。潜水艦が水中で音を立てて走っていたら、「ここにいますよ」と知らせるようなものだから、容易に敵艦に気づかれ、攻撃を受けることは必至である。

潜航中の潜水艦はプロペラ、高圧排水ポンプ、各種の補助エンジンなどが音を発することになる。鳴音現象といわれるものだが、これを、いかに極限まで低く抑えるか。世界各国の海軍が今日においても懸命になって取り組んでいる難問題なのである。

もともと塩見少佐は西村式豆潜水艇に乗ってソ連潜水艦隊に対処すべく、日本海で水中音響伝播の研究をしていた水中音響に関する専門家でもあった人だ。㋴が発するそうした雑音・騒音について、どう考えていたのだろうか。

「この船は索敵行動をとり、これを攻撃するものでなく、ただ単に輸送すればよいのである。

敵潜水艦にぶつかるようなことが、たとえあったとしても、われわれの船は沈座できるし、（中略）また使用海面に音響器の完備せる海域はないという勝手な都合のよい事実を認めた」

「これはあるいは乱暴だったかもしれないが、その防音装置が必要であれば、すぐにでも出来る状態にあったから考えないでおいた」（手記）

なお、本職の海軍は当然のことながら、この「音」に関しては極めて神経質で、次のような記述がみられる。参考までに記すと――、

「潜水艦鳴音に関する実験

目的　伊七二潜が、公試において、他艦に比し特種音（鳴音）を発するを発見、この原因を探究して発生防止法を調査研究する。

成果　艦尾発生音の主体は推進器の鳴音で、その発生原因は、主として水流中に起きる渦流に基づく、翼の振動によるものと認められる。鳴音防止のためには、推進器翼付根を強大にすること、及び翼先端後縁の型状を、適当に改善することが相当有効なる手段と認む。絶対防止法については、いまだ結論を得ていない」（「潜水艦史」）

これは昭和十三年における調査結果報告である。すくなくとも太平洋戦争開戦に先立つこと三年前、海軍がこの鳴音現象解消について必死に取り組んでいたことが分かる。

そんなこんなの塩見少佐だったが、のち、手記の中で次のように「憤まん」をぶちまけて

いることを紹介してみたい。（第一章「塩見少佐の登場」で記した設計初期段階で海軍側に㋴建造の説明に出かけた直後の感想である）

「実際、考えてみるがよい。海軍には過去何十年のあいだに潜水艦建造に関しては、相当の経験および見識を持った人がおったにちがいない。そのような人の知識経験を用いないで、イロハから勉強しながら作ること自体が海軍の責任である」

「当時の軍人は海軍陸軍とも自分がやることをいい加減にして、何かしら『ヌエ』のようなものを追っていたのではないか。大金と大量の労働力を消費して作った㋴のようなことが至るところにあったように思う」

そうした㋴が、試作艇の段階が終わり、実用艇として本格的に建造されるようになったのは、昭和十九年に入ってのことだった。

建造現場の混乱

すでに述べたように、㋴の建造工場は左記のようになっていた。

(1)日立製作所笠戸工場（山口県下松《くだまつ》）
(2)日本製鋼所広島工場（広島県海田市《かいたいち》）
(3)安藤鉄工所（東京都京橋区月島）
(4)朝鮮機械製作所（朝鮮・仁川）

昭和19年５月、下松派遣隊時代の梶少尉〈梶泰夫〉

各工場で建造された㋴は潜航試験、水上航行テストなどを経て陸軍側に引き渡されるのだが、乗艇要員は完成以前から艤装員となって工場に出かけ、やがては乗ることになる艇の建造を手伝うのが通例だった。建造段階から船体構造に「熟知」し、その仕組み・操作に「習熟」「通暁する」目的があった。

三島の㋴部隊からは選抜指名を受けた要員二十五人（艇定員）が隊を編成し、次々と派遣されていっている。これら要員は、それぞれの工場の名をとり、あるいは土地名から、次のように命名された。

⑴下松派遣隊、⑵海田市派遣隊、⑶東京派遣隊、⑷仁川派遣隊

艇もまた、下松艇、海田市艇、東京艇、仁川艇と呼称された。

こうした㋴艤装作業の支援部隊として、同時に作業隊という一隊も派遣されている。

陸軍少尉、梶泰夫（81）＝写真＝は昭和十九年一月、下松作業隊長付将校として日立製作所笠戸工場に出かけている。

隊の編成は「六十人くらい」はいたろうか。「日立の工員と同一の職場で同一の仕事をこ

笠戸工場で建造中の試作１号艇。ゆの建造は溶接が多用されていた〈国本書より〉

なす」のである。隊員である下士官、兵隊たちの「年齢はまちまち」だったが、その多くが軍隊に召集される前は各地の大小造船所で「配管工、製缶工、溶接工」として働いていた経験者ぞろいだった。

もっとも梶少尉自身は早稲田大学商学部出身だった。アメリカンフットボール部主将。繰り上げ卒業ののち、近衛歩兵第三連隊に入隊した。幹部候補生から前橋陸軍予備士官学校を出て見習士官になったところで、「広島宇品の船舶司令部へ行け」となった。

このとき、宇品から輸送船で戦線行きか、と覚悟している。そこで輸送船が沈められた場合に備え、わざわざ広島市内で「フカと戦うため」のジャックナイフを買っている。ところが、「お前は潜水艦乗り」といわれ、口あんぐりだった。

「なして、陸軍が潜水艦なんやろか」

以来、ゆ要員としての厳しい教育を受けることになっている。

「手旗信号、発光通信、モールス信号、航海術、操縦術、海洋学、海軍体操などの集合教育には、ほとほと困り切り、青息吐息の毎日」「広島湾での小型船での海上実習、瀬戸内海や伊予灘での操縦実習。その他諸々を含めた詰め込み教育を、階級の別なく、しごかれながら三ヵ月にわたって受けた」（梶「軍隊生活」）

なかでも㋴試作艇に乗ったときの体験は忘れられないものとなっている。

「潜航して深度が深くなるにつれ、艇内の気圧が高くなり、頭がガンガンし、意識もうろうとしてくる」「潜航の都度、健康管理のために特別の潜航食糧が支給されるほど体力の消耗が激しい」

そんな体験もあって、作業隊長となった梶少尉は㋴建造に細心の気遣いを見せている。

作業隊長としての主たる任務は「作業現場を巡回して隊員の安全管理と作業の督励」をするほか、「建造艇の作業進捗状況」を毎週まとめて船舶司令部と㋴部隊あて報告することにあった。

あとは、ま、適当によろしく、で済ますこともできた。しかし、梶の場合、それだけではあきたらず、権限をフルに活用し、作業隊員の兵隊の中から軍隊に入る前に造船所で工長や組長をしていた者や長い経験を持つ者を選抜。かれらを中心とした班を新設して作業に当たらせている。

「なにせ、もともと笠戸工場は蒸気機関車製造工場。潜水艇づくりをやった者なんか、いませんでしたから」

㋴乗艇要員と作業隊員の間の融和にも努めている。

どちらかというと、㋴要員の方には「気が荒い」一面があった。「おれたちはこの艇で戦場へ行くんだ」と、ともすれば作業隊を下に見てアゴで使おうとする。見かねた梶が、土足のまま艇に上がろうとした㋒要員をぶん殴ったこともあった。

「そのうち、だんだん相互の仕事の分担がわかってきて、スムースに作業が進むようになりましたが、初めのうちはどうなるか、と」

「文科出身の、水にも弱く、機械・電気についても、なんの知識もないズブの素人が、よくやったもんだと、われながら思います」

㋒建造は「陸軍極秘」の扱いにもなっていた。このため、一般工員に対する「防諜」にも気を配っている。

ご本人自身、当時、知り合った女性（現在の奥さん）が広島にいたのだが、なにをやっているか、どういう任務に就いているか。

「とうとう最後まで話しませんでした」

山路信彰

そのころ、陸軍中尉、山路信彰《やまじのぶあき》（87）＝写真＝もまた、この笠戸工場の設計課にいた。のち大尉。やはり㋒部隊に所属していたが、梶少尉の立場とはちょっと違い、こちらは技術面から㋒建造作業を「監督する任務」を帯びていた。大阪大学工学部造船学科卒という船づくりに関しては、いってみれば本チャンの技術屋さんだった。

もっとも、先の塩見少佐のように純粋に技術将校だったわけではない。あくまでもⓨ部隊の一将校としての役割を仰せつかっていた。

「人殺しの軍隊はイヤだった」から、周りの薦めも振り切って民間海運会社の日本郵船工務部に勤務していた。しかし、やがて否応なく召集となり、陸軍二等兵として北満州の歩兵部隊で「鉄砲かついで」の訓練を受けた。

幹部候補生を経て松戸の陸軍工兵学校を卒業。見習士官となったところで、「陸軍で船舶関係の部隊をつくるらしい」「お前、行かんか」と、こう相成っている。

さて、このピッカピカの造船技術屋将校の目からすると、徐々に形を整えつつあるⓨの姿には「無理」があるように思えて仕方がなかった。

塩見少佐ら陸軍第七技術研究所が作成した設計図は基本的なもので、実際に工場で使われる製造用図面となると、もっと詳細なものが必要だった。そこで山路中尉は、これまた先の梶少尉と同じく、「いささかの権限」をフルに活用し、製造用図面の一部を書き直している。

たとえば——、

「船の基本型には流線型というのがある。それが、建造中のⓨを見ると、この流線型の基本がアンバランスになっているんですなあ」

そこで、学徒動員で工場に来ている地元の高等工業専門学校生の手を借り、「計算のやり直し」をしてみた。やはり「無理がある」との結論が得られた。そのデータを本家のⓨ部隊と工場側に示して船型の改良を行なっている。

「現場では当時も蒸気機関車の製造を続けていましたから、工場側にはどうしても㋴製造は片手間といった感じがあってですなあ」「そうした工場にやらせること自体、無理があったのではないでしょうか」

日本本土を爆撃するB29。昭和19年11月24日に始まる東京空襲で㋴の建造は遅れを重ねた〈National Archives〉

　話は元に戻るが、その後、十九年十一月末、梶少尉は東京にあった安藤鉄工所の作業隊長に転属となった。そのさい、日立笠戸工場でいっしょに苦労した下士官・兵をそっくり連れて行っている。

「日立では起居を共にした戦友同士でしたから」

「これらの中から、だれ一人として戦死者を出さなかったのが、わたしの密かな自慢です」

　安藤鉄工所は現在、その跡地もなく、周辺は訪ねる手がかりもないほど大きく様変わりしてしまっているが、かつての㋴建造工場は「隅田川河口の三角洲に東京湾に臨んで建って」いた。もともと製缶業の「小さな町工場」だったが、隣り合わせにあった都有の空き地を使用する許可を得て㋴

を建造していた。

そんなふうに初っぱなから㋴建造専門現場としてスタートした工場だったから、「大会社の日立笠戸工場より安藤の方が話が通じやすい」面があったのは、ありがたいことであった。ただ、ここは埋立地とあって地盤がゆるかった。完成した㋴艇は進水のさい、しばしば立ち往生したというハナシが残っている。

ここでの肝心の㋴建造なのだが、たび重なる米軍機の東京空襲によって工事は遅延に次ぐ遅延。工場や倉庫もやられるといった最悪の事態となった。建造実績は、結局、二隻にとどまっている。

その間、梶中尉（二十年八月一日昇進）は、空襲から工場施設を守るべく、隊員と共に懸命の奮闘をみせている。三月十日にはあの東京大空襲があった。月島の安藤鉄工所周辺も火の海となっている。

ここらあたり、当時の安藤鉄工所とその周辺事情について東京都中央区役所編「中央区史・中巻」は次のように記している。（安藤鉄工所があった京橋区は終戦直後の二十二年三月、隣接の日本橋区と合併して現在の中央区となった）

「十八年頃、陸軍から急速に、一ヵ月十隻の割合を以て建造するよう命令があり、（中略）しかも極秘工場の指令の下に輸送潜航艇建造が進められたが、どう企画しても月産十隻は無理であって、工場の大拡張と大増員をしても月産二隻が漸くであろうと決定した」

「軍監理官は詰切りで製造を監督した。従業員は徴用工三百名、学徒二百五十名のうえに、暁部隊から約百名、第一陸軍造兵廠から二百名の直接応援隊が派遣され、本工員とでその総数、本社・造船を合わせて実に一千名となったのである」「しかし、それまでに熟練技術者・工員の中に出征者があって、指導員の不足と素人ばかりで工程は思うように進行しなかった」

「最も苦労したのは、昭和十九年の終りごろから本格的にはじまったところのB29による東京大空襲であった」「各工場とも建物に迷彩をほどこし、あるいは消火・防空諸設備を整えて待機していたが、本格的戦略空軍の猛爆の前にはひとたまりもなかった。連日ときには一日数回にわたる空襲のたびに工員が避難して、この面でも作業能率はがた落ちとなった」

だからこそ、先の「作業隊のだれ一人として戦死させなかった」という言葉が重いのである。

だが――、

中尉となった直後、公用で銀座の朝日新聞社の前を通りかかったさい、社屋の掲示板に何気なく目をやっている。

「広島市、敵単機来襲、被害甚大」

そのとき、あの広島で知り合った女性（現在の奥さん）の一家は全滅。女性と海軍経理学校（東京）に在学中だったその弟だけが、辛うじて生き残ったということは知る由もなかったのだった。

朝鮮機械製作所

ゆ建造工場のひとつ、朝鮮機械製作所があった仁川は朝鮮半島中央部の北西に位置していて、現代でいうと韓国の首都ソウルの黄海側の玄関口にあたる。

昭和十二年、横山工業会社（本社・東京）の貴金属採掘精練設備の製造工場として設立されている。太平洋戦争に入ってからは海軍関係船舶用の焼き玉エンジンや陸軍用の特殊鋼などをつくっていた。（「ゆ仁川派遣隊概要」）

浜崎　守

十八年六月のことだったか、ここに陸軍部からゆ建造の話が持ち込まれた。陸軍仁川造兵廠の監督指導のもと、まずドライドック（乾ドック）二基をつくることになっている。この地は干満の差が約十メートルと大きい。ドックがあれば、この干満の差を利用して海水を適宜に出し入れし、船の進水をスムーズに行なうことができる。

終戦時までには一号ドックしか完成しなかったのだが、ともかくも「決戦兵器」をつくるとあって突貫工事となっている。ひとつのドックで両側に三隻ずつ、計六隻のゆが同時に建造可能という立派なものだった。

当初、ゆの話があったとき、朝鮮機械製作所側では「本格的な潜水艦をつくるらしい」と受け取ったフシがある。だから、社内は大恐慌。まことに異様なものがあった。

元資材課担当主任、浜崎守（86）＝写真＝によれば、

「潜水艦だってさ」「えっ、陸軍が？　そんなバカな」
といった調子であった。念のため、海軍仁川武官府の知り合いに問い合わせてみたのだが、
こちらも「そんなバカな話は聞いていない」「陸軍がつくれっこないじゃないか。やめた方がいい。
やめれ、やめれ」

朝鮮機械製作所の浜崎主任が㋴建造用鋼材の調達に出かけた満州・鞍山の昭和製鋼所の巨大な工場〈潮書房〉

と頭から否定する。


　ドックづくりの要請があっただけで、しばらく陸軍からはなんの音沙汰もなかった。

　急に足繁く出入りするようになっていた仁川造兵廠の担当者あたりも、内地の情報には疎いらしく、初めは「ぜんぶ仁川造兵廠の方でやる。あんたらは場所と設備、それに労力を提供してくれれば、それでいい」なんて胸をたたいて大威張りしていたのが、だんだん小さくなっている。

　だからといって、ぼんやりしているわけにはいかない。浜崎ら朝鮮機械製作所（以下、工場）は独自に動きはじめている。いつなんどき、陸軍から「つくれ」という大号令がくるか分からないのだ。それから慌て

ても遅い。

それには、まず設計図である。

当時、潜水艦といえば川崎重工業が老舗だった。そこで、まず、東京で引退生活をおくっていた川重の大物ＯＢに渡りをつけ、特別顧問として迎え入れている。この御老体ＯＢを通じて「なんとか潜水艦製造図面を手に入れよう」という魂胆だった。いじらしいかぎりである。

計略は図にあたった。浜崎の表現によれば「川重から図面を盗んだ」となるのだが、ともかくも工場側の設計担当者が軍極秘扱いの図面を見ることに成功している。で、浜崎が担当者に「うちで出来るやろか」と小声で聞いてみたら、「とても、とても」という返事だったから、なんのこっちゃ、であった。

工場側がそんなこんなの一人相撲をとっているうち、やっと本格的な㋴建造話となっていったのだが、こんどは㋴艇の「ドンガラ（船体）」は出来ても、内部に入れるエンジンをはじめとした艤装品がなかなか届かないのには往生している。

㋴建造に当たっては、船体関係・火砲は大阪造兵廠、光学兵器・水中音響兵器関係は東京造兵廠、機関関係は相模造兵廠、その大まとめは大阪造兵廠の担当。あの塩見少佐がいる第十技術研究所（七研から分離）は全体の技術指導を行なうことになっていた。（「陸戦兵器総覧」）

現場からいうと、関係部品の大部分が元締め格の大阪造兵廠から工場まで運ばれてくるという仕組みである。それはそれでまことに結構なシステムなのだが、いざ、動いてみると、いろいろと問題が起き、そうはすんなりといかないのだ。たとえば、工場で船体づくりに必要な鉄鋼材の手当てをしようとすれば、こんな具合になってくる——。

まず地元の仁川造兵廠にお伺いをたてる。仁川造兵廠はそれを大阪造兵廠に回す。やがて大阪からは仁川造兵廠に「鋼材購入キップ」が送られてくる。工場はそのキップを仁川造兵廠から受け取る。これでやっと鋼材を手に入れる目途がついたことになるのだが、それはあくまで「目途」であって、実際に現物を手にしたことにはならない。

ここから先は工場自身で「鋼材や—い」と鋼材製造会社捜しとなるのだ。ま、工場側もそんなことは百も承知で、あらかじめ鋼材製造会社に渡りをつけておくとしても、とにかく購入キップがなければ動けない。その手続きのもどかしいこと。まして工場は朝鮮にある。勝手知った日本内地とはちがって、おいそれとはいかない。

おかげで資材課担当の浜崎主任さんクラスとなると、結局は良質の鋼材を求めて南満州の鞍山昭和製鋼所（現在、中国最大の鞍山鋼鉄公司）くんだりまで出かけることになっていた。苦労するのは末端ばかり。いつの世も変わらない。

「こんなことで決戦兵器ができるか」「大阪造兵廠の出先支店みたいな、威張るだけの仁川造兵廠を相手にしていては話は進まん」

ここで、なりふりかまわず、浜崎が動いている。

大阪造兵廠の資材担当課長は元陸軍中佐だった。工兵隊出身だった。浜崎もまた、もとをただせばサムライ育ち。長く中国戦線を戦い抜いてきた野戦工兵隊中隊長、元陸軍中尉という肩書を持つ強者である。

その手ずるをたどって大阪へ出張。元中佐先輩と顔を合わせ、以来、「よくしてもらいましたなあ」という具合だった。

こんなこともあった。

艤装品が相変わらず遅延つづきで、なかなか届かない。先の元陸軍中佐先輩に電報で照会すると、お前ンところへは支障なく送っているはず、との返事。そこで、またまた出張してルートをたぐってみたら、日本からの貨物は朝鮮半島の玄関口である釜山港の岸壁に山積みされていることが分かった。

㊙艤装品には「特別輸送扱」の符号がつけてあるのだが、荷役の朝鮮人にはこれが読めない。日本語による難しい符号なんか、分かるはずはない。日本人の陸軍監督官もぼけっとしている。そんなもんで、緊急輸送のせっかくの㊙関係貨物も野積みのままになっているのだった。

直後、仁川でこの輸送打開に関する緊急会議があったのだが、仁川造兵廠の輸送担当将校が「長々と陳弁するばかりで、なんらの具体策も示さない」のだ。そこで、造兵廠長の少将閣下はじめ高級将校、こちらも重役連中がずらりと居並ぶ席上だったが、思わず浜崎は怒鳴りあげている。

「釜山の港に行って、よく調べてみろ」「荷役の朝鮮人の皆さんに土下座し、タバコでも差し上げてよく頼んで来い」

民間人となっても、そこは歴戦の元中尉。黙っておられなかったのだった。あとで、浜崎は重役から「よくいっていくれた」と褒められている。

そんな浜崎だったが、痛切な記憶もある。

大阪で開催された㋴建造関連会議に出席する重役に同行したことがあった。会議の途中でこの重役あて、仁川の工場から「至急、帰れ」との電報が届いた。しかし、重役さん、急な話で関釜連絡船の乗船券が入手できない。そこで、一足先に戻る予定の浜崎が事前に購入していた青色の二等寝台乗船キップを渡している。

「あとは頼んだよ」といいながら、重役さんは足早に船に乗り込んでいる。

そのころ、下関と朝鮮の釜山を結ぶ関釜航路は大陸向けの旅客、軍隊、建設物資などの増送に追われ、一般の輸送は制限せざるを得ないほどの状況にあった。

「旅客が殺到し、希望する便船にも乗船出来ない有様であった。また、下関には大陸向けの貨物が滞貨の山をなしていた」（阪田貞之「連絡船物語」）

そうしたなかでの十八年十月五日未明、折からの荒天をついて下関から釜山に向かった関釜連絡船「崑崙丸」（七、九〇〇総トン）は、米潜水艦の放った魚雷により、対馬海峡沖の島東北東沖で轟沈した。被雷して五分後、棒立ちとなり、船尾から海中に落ちていっている。

昭和18年10月5日、米潜水艦の雷撃で轟沈した関釜連絡船「崑崙丸」。日本商船中で最高の23.5ノットの速力を誇った

当時、日本商船の中で二十三・五ノットの最高速力を誇る新造船だった。㋴建造計画がスタートした同時期の十八年三月三十日の就航。生まれてわずか七ヵ月という薄幸の船だった。また、戦闘艦建造が最優先されるなか、こうした民間の新鋭船がつくられたということからも、当時の関釜航路の活況とその重要性がうかがえる。

乗客・乗組員六百六十五人のうち、じつに五百八十三人が船と運命を共にした。浜崎からキップを譲《ゆず》ってもらい、笑顔で乗船した重役もまた帰らなかった。

崑崙丸轟沈の第一報を聞いた仁川の朝鮮機械製作所では、出張日程からいって、「浜崎が遭難した」「あの元気者の浜崎さんが」と総立ち――。全員で黙禱を捧げたという話であった。

そんな遠いところにある不便な朝鮮・仁川の地で、なぜ、㋴建造話となったかについては適当な資料がない。

陸軍伍長、小《お》沢《ざわ》徳《いさお》(79)=写真=は、「中国大陸からの物資輸送、あるいは対馬海峡が敵連合軍によって封鎖された場合の連絡艇づくり」と聞いたことがあったように思うが、定かではない。のち軍曹。

小沢はソ満国境にあった戦車第十一連隊の出身だった。(ゆ)要員教育では座学、実地訓練でシゴかれ、まいっている。平坦な広野を戦車で縦横に走っているのと、ぜんぜん、まるきり違うのだ。そうこうしているうち、二十年五月、仁川派遣隊行きを命ぜられた。

「いよいよ、か」

と思っている。

すぐ上の兄は潜水艦乗りだった。開戦の日、ハワイ真珠湾攻撃作戦に参加し、特殊潜航艇を発進させた伊二二潜に乗っていた。同艦は翌年五月、シドニー港でも特殊潜

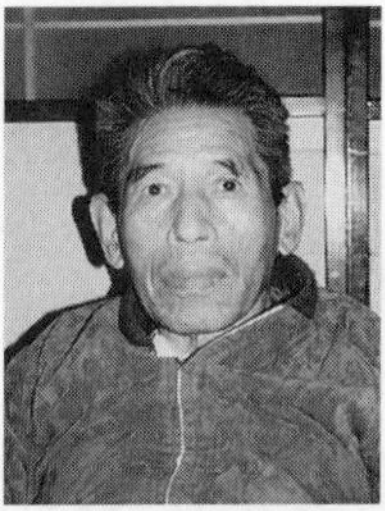

小沢　徳

昭和20年７月、仁川・月尾島付近で撮影された(ゆ)3009号艇（仁川艇）の乗員たち。前列右から３人目の将校の右後方が小沢伍長。3009号艇は艤装中に終戦を迎えている〈小沢徳〉

航艇を発進させている。だが、この年十月、南太平洋ソロモン海域で消息を絶った。

兄は他の乗組員と共に戦死と認定された。そして、いま、小沢自身もまた、仁川で建造される「決戦兵器」の㋒艇に乗るのだ。

「海と陸に分かれたはずの兄弟が、共に潜水艦で死ぬ運命にある。なんたる皮肉か」

関釜連絡船、汽車と乗り継ぎ、やっと到着した仁川――。広がる麦畑の向こうに「鯉のぼり」が五月の空に泳いでいるのが見えた。

「鯉のぼり　ここにも　日本男子あり」

小沢は、ちょいと気を取り直し、背筋をのばし、仁川派遣隊の門をくぐっている。

朝鮮機械製作所で建造され、実際に走った㋒は四隻にとどまった。

第三章　陸兵、海を走る

五年の教育を三ヵ月で

陸軍潜水輸送教育隊（ⓨ部隊）の隊員は航空科を除く他の全兵科から選出された。

これらの隊員たちは三島のⓨ部隊本部で、甲板科と機関科に分かれ、初歩からの船舶兵教育を受けることになっている。昭和十八年十月のことだった。

このほか、ちょっと前に戻るが、将校二十人と下士官・兵三十人の五十人が幹部要員として、大竹にあった海軍潜水学校や呉の潜水学校分校で潜水艦教育を受けている。これらの幹部要員が三島に戻ってⓨ部隊の中堅となっていったのだった。

ⓨ部隊長となった矢野光二中佐（当時）ら基幹将校六人が「菜っ葉服」で西村式豆潜水艇に乗って実地訓練を受けていたのは、この初期の幹部要員教育の、さらにその前の「ⓨ神代《かみよ》の時代」の話ということになる。

そんなふうに陸軍も一生懸命だったが、受け入れ側の海軍もたいへんだった。

古瀬猛男

「海軍では一人前の潜水艦乗りになるには、士官で四年、下士官は五年かかる」「それを三ヵ月でなんとかしろ、というのだったから、こんな無茶な話はない」（偕行社資料）

そんなこんなのボヤきが漏れ伝わっているところだ。

その初期教育の段階では、民間から商船乗りのベテラン船長、機関長らも教官役として動員されている。

元東亜海運船長、古瀬猛男（90）＝写真＝も、その一人で、やはり「海軍が五年かけてやっている潜水艦乗り教育を三ヵ月でやっていただきたい」と申し渡された組だった。宇品の船舶司令部から急ぎの呼び出しを受け、いきなり佐官待遇の陸軍嘱託を命

昭和18年８月、海軍潜水学校呉分校に入校した㋴部隊要員たち。陸軍の記録では50名入校となっているが、写真には100名以上写っている（海軍の記録では120名とも）〈国本書より〉

ぜられた。

こうした教官役の船長クラスが十五、六人はいたろうか。

「船のフの字も分からん者ばかりだが、とにかく動かせるまで教えてくれ」

そんなハナシだったから、教官連で手分けし、大講堂で陸兵を集めて「船とはなんであるか」から始めている。小冊子の教科書をつくって「相手が分かったのか分からんのか」は問題にすることなく、「一方的な押し込み教育」となっている。

座学だけでは辛かろうと、野原に二百人くらいの兵隊を連れていって「手旗信号」を教えたこともあった。子ども相手ではないが、こちらの旗の動きに合わせ、兵隊に真似させるのである。ほんと、「イロハからの教育」であった。

「みな、いじらしいほどの熱心さでした」「だんだん、こちらも気合が入ってきて、なんとかしてやりたいと、頑張りましたなあ」

糸山泰夫

大阪商船南米航路の優秀貨客船「あるぜんちな丸」。28.48ノットの快速を誇った。のち空母に改造され「海鷹」と改名〈商船三井〉

元大阪商船船長、糸山泰夫（89、旧姓・牟田）＝写真＝も駆り出されている。元海軍予備大尉。

太平洋戦争初期、貨客船「あるぜんちな丸」の二等航海士としてミッドウェー海戦に参加した。さらには輸送船「いんだす丸」一等航海士としてフィリピン海域にも出かけ、マニラ沖で撃沈されて負傷。からくも救助されたという戦場体験があった。

もっともミッドウェーの戦いでは、なにがどうなっているのか分からないうち、「輸送船は戻れーっ」「とにかく戦場を離れよ」といわれ、船首をぐるっと回してイダ天走り。快速を利して元来たグアム港にイの一番に戻ったから、ほかの船から大いにウラやましがられたというハナシだ。

そんなもんで「弾の下をくぐった」という経験があるものだから、こちらは㋴隊員教育に当たってはハナから張り切っていた。

「山出しばかりの連中ですが、とにかく動かせるまでにして下さい」

古瀬教官の場合と同じようなことをいわれ、

「船乗りも初めは山ザル。大丈夫、お任せ下さい」

熱の入ったところを見せたら、相手将校が「涙ぐまんばかりに喜んだ」から、「ほんとに本気なんだなあ」と思っている。

それにしても、果たして海軍五年の教育を三ヵ月でやれるものなのであろうか。

そこらあたりについて、糸山元教官によれば、それこそ死ぬ気でやれば「動かせるまでにはなる」「事実、ゆ隊員教育では成果があった」という一方で、そのあとが問題ではなかったろうか、と回想する。
「潜水艦の場合、船舶運航の技術取得に加え、『潜る』という全く別次元の世界への挑戦がある。『海軍五年の教育』は技術取得に必要な月日であることもさることながら、その別の世界との格闘、習熟に必要な体力や忍耐力を養成する期間ということでもあったのではなかったろうか」

手さぐりの潜航、水圧の恐怖、狭い不自由な艦内、汚れた空気。戦闘となれば、長時間の潜航、頭上に迫る見えない敵艦の圧迫、爆雷のさく裂音、衝撃、震動――。

こうした「忍苦忍従」との戦いに耐えて十分な戦闘力を発揮するには、航海技術の勉強に加え、さらに鍛練・教育期間が必要だったろう、というのだ。

ならば、ゆ隊員たちに、そんな時間があったのであろうか。

糸山ら元民間出身教官たちの間では「あの元気な隊員たちは、その後、どうなったのだろう」と、いつも話題になっていたということだ。

さて、元のゆ教育の話になるが、糸山元教官によれば、将校はもっぱら教室での座学、兵隊には機帆船に乗っての操船教育をしたような記憶がある。もうひとつ、教官である糸山に対してさえ、陸軍側がえらく「機密にうるさかった」ことを覚えている。
「書類は残すな、写真を撮ってはならん」

陸軍将校に聞くと、「ゆは極秘扱いの決戦兵器ですから」といった意味のことを、こっそり教えてくれている。

そのゆも見せてもらったのだが、「なんとも小さな潜水艦だったので、これであのマニラあたりまで行けるんかなあ」と、こちらの方が心配だった。

こうした教育課程における機密問題については、「厳しかった、うるさかった」という証言と、「いやそうでもなかった」とか、いろいろなハナシがあるところだ。

「教本は赤表紙でマル秘の印がついていた」「一連番号（ナンバー）がつけてあって、あとで回収された」「持ち帰りはできなかった」

その反対に、以上の話を打ち消す証言もある。

「特別のことはなかった」「ただ、軍人としての一般的な心構えとして、民間の人には余計なことは話さないといった雰囲気はあった」

そんな具合なのだが、関連して前項で取り上げた朝鮮機械製作所での話をひとつ。

工場には日本人と朝鮮人の作業員が「半々くらい」の比率で働いていた。当時、資材課にいた浜崎守主任によれば、さすがにゆ船体づくりの現場は日本人作業員だけだったが、造機部門の機械工場には多くの現地採用の朝鮮の人たちがいた。

ここでは、いろんな問題が発生している。

「いつの間にかネジを切るゲージの目盛りが狂っていた。あるいは旋盤機械の調子がおかしくなっていて貴重な鋼材がオシャカになったりすることが、よくありました」

「現地人のサボタージュだ、摘発して厳罰を加えよ、と息巻く工場の人もいました。でも、果たして意識的な妨害行為なのか、それとも機械自体に問題があるのか。もうそのころは古い、くたびれた機械ばかりでしたからねえ。その判定に難しいところがあって、いつも沙汰止みになっていました」

昭和19年、一時㋴隊員たちの宿舎となった仁川・月尾島の浜ホテル。「陸軍宿舎」とも呼ばれていた〈「㋴仁川派遣隊概要」より〉

なんらかのかたちでの情報遺漏は防ぎようがなかったのではあるまいか。

ここで船乗りの話が出たので、もちょっと、その関連のメモを広げてみると——、

朝鮮機械製作所の㋴仁川派遣隊第二代目隊長となったのは金澤一《かなざわただし》中尉(84)だった。のち大尉。

この金澤は変わった経歴の持ち主である。北海道函館水産学校漁労科(現北海道大学水産学部)の卒業。二等航海士として農林省の洋上監視船「祥鳳丸」に乗っていた。船長免許を持つ、れっきとした「海の男」だった。

現役兵として軍隊に入り、幹部候補生試験に合格して野戦砲兵学校を卒業。見習士官となり、満州の野戦

重砲連隊で満ソ国境警備に当たっていた。少尉から中尉となったところで、連隊本部から「船舶司令部行き」の話が出ている。

直属の部隊長が「お前どうしても行くのか」なんて引き止めにかかる。未練はあったが、もとはといえば「海へのあこがれ」があっての水産学校出なのだ。

「専門知識を生かさせていただきたい」

と、振り切った。

広島宇品の船舶司令部に着任してみて驚いた。中尉、少尉、見習士官などが「うじゃうじゃ」いるなかで、いわゆる海技免状を持つ者は金澤ただ一人だったことだ。

「船舶というからには、自分のような海に関係していた者が大勢いると思っていたんですけどねえ」「これで㋴を走らせるのか、と」

それからが、なんともオカしかった。

㋴教育で陸の猛者連も「海のイロハ」から教えられることになったのだが、「あんたがこんな講義なんか聞いてどうすんだ」と、経歴を知った教官にいわれ、翌日から教官助手に任命されている。

特別扱いで海軍水路部に出向となったが、ここでも海軍少佐から「貴官は本職ではないか、教えることはなにもない」といわれ、出向期間の一ヵ月半というものはぶーらぶら。もっぱら海軍の諸設備を見学して回っていたということだ。

そんな金澤中尉だったが、のち仁川で終戦を迎えたさい、船乗り出身の派遣隊隊長として水際立った働きをみせている。終戦直前、中国青島まで行く途中という民間機帆船五隻を「状況が悪いから、しばらく仁川で待機したら」といって引き止めておいたことだ。「船乗りの勘」というべきものであったろうか。ともかくも、これで派遣隊員たちは助かった。この五隻の機帆船に分乗して、無事、日本へ帰り着くことができている。暴動状態となった仁川の町で武装隊を組織して治安維持にあたり、そのほかの後始末もきっちりつけての総引き揚げだった。

なお、浜崎主任ら朝鮮機械製作所の人たちも、その後、無事に別ルートで全員が引き揚げている。なによりのことであった。

忘れられない記憶も持ち合わせている。

のち、㋴部隊からマニラ派遣隊が出撃していくことになったさい、教官役をやっていた金澤は、その派遣隊名簿の中にかつての農林省監視船「祥鳳丸」に乗っていた甲板員（軍曹）の名前を見つけている。仲良しだった。

そこで「貴重な人材だから残してくれ」と部隊幹部になんどか掛け合ったのだが、だめだった。「自分もいっしょにマニラに行かせてくれ」とまでいってみたのだが、これも却下された。

軍曹は黙して出撃していった。そして、ふたたび金澤の前にその潮焼けした元気な顔を見せることはなかった。

船舶専門将校の不在

ここで、ちょっと話がわき道に入るのだが、じつは取材の過程で、ここらあたりで大きな疑問が出てきていた。

それは、こうした船舶運航の分野に、なぜ、陸軍士官学校を卒業した本チャンの専門将校がいなかったのであろうかということである。存在していれば曲がりなりにもそれら将校の手で㋴教育が出来たはずである。

いわゆる軍国主義はなやかなりし当時、陸軍は民間のことを（たるんでいるという意味合いもあってか）いささか差別的に「地方」と呼んでいた（海軍は「娑婆《しゃば》」といっていた）。この伝でいけば、極秘扱いの㋴教育に民間人である商船船長を頼むのはコケンにかかわることではないのか。

それが、現実には「地方人」の手を借りることになっているのだ。

どういうことだったのか。戦記物などを見ていると、こうした重要な場面の節目節目には、たいがい陸士出身者が顔を出すと相場が決まっているのだが――。

これまで本文中に登場していただいた将校（このあともそうだが）の方で、幹部候補生出身とか、学徒動員組とか、予備士官学校出とか記した方々は、いわゆる職業軍人ではない。自分の意思とは関係なく、召集で軍人になった人である。

これに対して陸軍士官学校出身者は自ら軍人になる道を選択した人たちで、海軍の兵学校出と同じく、陸海軍の基幹をなすエリート将校たちである。陸軍の場合、兵隊たちはこれら陸士出を「実包」と呼んでいた。鉄砲でいう実弾のことで、本物といった意味である。

陸軍には「歩騎砲工航空輜重」といった兵科があった。このうち、「工」は工兵のことで、ここから船舶工兵が派生している。古くからの伝統ある兵科だったが、しかしながら、これは主として沿岸の敵前上陸作戦を念頭に置いたものだった。

陸軍士官学校にこの船舶工兵の任務を海洋作戦まで広げた兵科（正式には兵種）として、初めて「船舶兵」という兵科が設けられたのは、戦争半ばの昭和十八年九月二十九日のことだった。これが「帝国陸軍最後の兵種」となった。前年度入学の士官学校五十八期生「工兵」百三十五人のうち、六十四人が兵科別教育の途中から船舶兵として本格的な教育を受けることになっている。

この五十八期生は二十年六月十七日に卒業し、それぞれの任地に向かっているが（八月一日付で少尉に任官）、当初から船舶兵教育を受けていた五十九期生たちは終戦で卒業することはなかった。

つまり、それも終戦間際ぎりぎりなってだが、曲がりなりにも船舶専門の本チャン将校は第五十八期生の六十四人だけが誕生していたということになる。

だから、ゆ教育などには間に合わなかったのだった。そんな具合で、本文中で紹介の陸士出将校の中心は五十四期から五十五期の卒業生であることから、士官学校在学中は海の教育をまったく受けておらず、ⓨにはさんざん苦労させられているのである。

この船舶兵科に関して、五十九年一月号の「偕行」には次のような興味ある記事が掲載されている。

「船舶兵という兵種が誕生したのは、戦争も中盤に入った昭和十八年。従来からあった大小発（大型・小型発動機艇）を主体とした船舶工兵のほかに、陸軍という概念をはるかに越えた各種輸送艇や駆逐艇など、むしろ海軍の領域に属するものまで含まれていた」

「本来ならば、この分野を担当すべき日本海軍は、伝統的な艦隊決戦による連合艦隊一本槍で、地道な海上交通の保護などの認識に乏しく、南太平洋に展開された島々の攻防戦は、輸送即戦闘の船舶作戦となり、陸軍自ら乗り出さざるを得なかった」

そんなふうにⓨ誕生の場合と、いきさつはまったく同じ、そっくりの背景が説明されている。そして――、

「一人前の高等船員の基礎教育は、高等商船学校では座学三年と航海実習一年の四年を要する。それを本科の一年二ヵ月の間に、本船の運用術、航海術のあらましを習得させるという前代未聞の速成教育に、指導側の教官も初めは全く自信がなかったという」

速成教育とはいってもⓨ隊員の場合のような「海軍教育五年を三ヵ月」ではなく、「商船学校教育四年を一年二ヵ月」で、ということになっている。

実際の教育状況については、こんな記述がある。

「とやかくしているうちに船舶兵の教育が始められた。当時は船舶兵種の『神代』時代であ

った。教程・参考書は全くなく、座学は教官の一言一句をノートにとり、実技はすべて体で覚える方式であった」

教官は船舶工兵部隊の幹部候補生出身の少尉だったが、教官助手（助教）を務めたのは「数名」の船舶工兵上等兵だった。

座間・相武台にあった陸軍士官学校。陸軍エリートを育てた同校で、専門の船舶兵教育を受けた卒業生はわずか64名〈潮書房〉

「（これら助教の上等兵たちは）ガダルカナル島戦生き残りの猛者たちであった。その服装態度はダラシなく口は悪く、これでも兵隊かと、はじめはビックリしたが、ひとたび海に出れば百戦練磨の強者ぶりを発揮し、どんな風浪の中でも卓越した技量で艇を自在に操り、船とはいかなるものかを、活模範によってわれわれにたたきこんでくれた」（「偕行」五十九年五月号）

それにしても、いかにも遅きに失した陸軍士官学校における船舶兵科制度の採用である。

ほぼ同時期の資料として、こんなものがある。

「忘れもしない。それは昭和十八年八月の中ごろだった。雨の日である。教壇に立った区隊長K大尉は改まった調子で次のように言った。『本日より教育が変わる。対米戦闘が主体となる。これをア号教育という』と。」

「戦争が始まったのは言うまでもなく十六年十二月八日のことであり、十八年には、二月にガダルカナル島の撤退、五月十九日にアッツ島の玉砕があり、欧州では米英軍がシチリアに上陸している。危機は一歩一歩近づいており、その当面の敵は米英軍のはず。それなのにわれわれの受けている教育は、この『ア号教育』という言葉を聞かされるまで、一貫して対ソビエト戦であり、想定される戦場は常に北満とシベリアの広野であっても、南方のジャングルではなかった」

「彼（K教官）は率直に言った。『ア号教育と言っても、何をどう教えてよいのか、さっぱりわからんのだ』と」（山本七平「一下級将校の見た帝国陸軍」）

この筆者の山本は「日本人とユダヤ人」などの著書で知られる人で、右記は豊橋第一陸軍予備士官学校における出来事である。終戦時、少尉。

海軍は「艦隊決戦」だった。対して陸軍の方針は「大陸戦、対ソビエト戦」だった。そこの狭間を埋めるものがなかったということになろうか。ほんとうは、そこが、当時太平洋における戦いでは最も肝要なことだったのにかかわらず、である。

そんな調子だったから、いちばん迷惑したのは末端に位置する戦場の現場だった。

あのガダルカナル島撤退の直後、ブーゲンビル島エレベンタ地区で再起を図っていた陸軍船舶工兵第二連隊の主計担当、江《え》藤総臣《とうふさおみ》中尉（85）＝写真＝によれば、当時の陸軍経理学校における教育でも、やはり「対ソ戦、対中国戦を想定したものだった」ということだ。

たとえば食糧問題ひとつとっても、大陸での「野戦給養」をどうするかの教えであり、対米戦で当然想起されるジャングル戦での部隊給養、とくに熱帯地での給養などについては「全く考えていなかったこと」があった。

連隊史には、ジャングルでの現地生活の知識がちょっとでもあれば、湿気を避けるため宿舎の床を地面から離してつくること、あるいはサゴヤシからデンプンを採取する方法などで、ガ島の熱帯病患者や栄養失調者を「最小限に抑え得たのではないか」といった記述がみられるところだ。（船舶工兵第二連隊「ああ陸軍の海戦戦記」）

江藤中尉は、配置を離れて「食」を求めてさまよい出る兵隊の行動を牛馬なみの「放牧」といっていた、と痛恨の思いで同連隊史に書いている。

また、こんな資料もある。

江藤総臣

「はっきりしておきたいのは、日本陸軍が、対ソ戦を主体とする訓練をとりやめ、幹部教育のための学校でさえ、はじめて（ということは、一般部隊では、もっと遅くなるわけだ）チャチなものであったにせよ、対米戦争のための訓練にとりかかったのは、実に昭和十八年十二月であるということである」「突然、ア号作戦教育というのが、強行されることになったのである。ア号作戦とは、対アメリカ戦闘のことだ。ほとんど光を通さないような、真黒な眼鏡をかけさせられ、森の中を、その眼鏡の先導で行軍したりする」「ジャングルの中の夜行軍のつもりである。全員がつけるだけの眼鏡がないから、小隊長・分隊長などだけがつけて、あとは見えないつもりになるわけだ」（戸石泰一「消燈ラッパと兵隊」）

筆者の戸石（のち、少尉）が仙台予備士官学校に在学中のハナシである。

戦争を始めて二年経ってからの陸軍士官学校「船舶兵種」の誕生と「ア号教育」の泥縄的スタートと――。それは表裏一体の関係にあるようだ。

ここらあたり、こんどの太平洋戦争について、「明治の頭で昭和の戦争をした」

そんなふうにいわれる所以である。

ちなみに、もう二十年以上も前のことになるが、わたし（筆者）が自衛隊の取材をしたさい、次のような言葉を耳にしたことがある。

「一致団結・動脈硬化」（陸上自衛隊）、「伝統尊重・唯我独尊」（海上自衛隊）、「勇猛果敢・支離滅裂」（航空自衛隊）――。内局は「優柔不断・本末転倒」だった。

いまの自衛隊が、もっと風通しがよくなっていることを祈りたい。

自前の㋴教官づくり

昭和十八年十二月半ば、宇都宮の野戦砲兵連隊にいた陸軍少尉、近藤栄司（81、旧姓・並木）＝写真＝は、連隊若手将校の会合で「測量経験者、内燃機関経験者は申し出よ」との師団通達を聞いている。のち中尉。

少尉に任官したばかりだった。東京出身で東京の近衛野砲兵連隊に入り、幹部候補生教育機関の野戦砲兵学校（千葉習志野）を出ていた。そんな都会育ちの経歴が気にくわなかったのか、どうも部隊長に目をつけられていたらしく、つい先ごろまでの見習士官時代も含め、ことごとく「しごかれ」ていた。

そんなもんで、通達を聞き、ちょっとためらったあと、測量部門に応募することにしている。近藤にとって測量はお手のものだった。都立の旧制高等農林学校を出て農林省林業試験場に入り、ここで測量の経験を積んでいた。

そんな立派な経歴のある近藤少尉が応募を決心するまでに若干の「ためらい」があったのは、内燃機関組は日本内地部隊勤務となるが、一方の測量組は「南方開発の港湾測量任務」で南方戦線に行かされるという噂がもっぱらだったことがあった。

測量組には「夏用服装を準備させい」と、師団長がいったとか、いわなかったとか。そんなウワサもさざ波のように広がっていた。

近藤栄司

人情として内地勤務がいいに決まっている。

でも、かまうもんか。気の合わない部隊長の下にいるより、南方の外地勤務で結構。

「新しい空気を吸おう」

不人気の測量の方は応募者は数少ないとあって、即刻ＯＫということになっている。

ここで、ちょっぴりオカしなことがあった。

師団長命令で、測量志望に名乗りをあげた者を一堂に集め、「測量教室」が開かれたことである。

新しい部隊に行って、あいつはダメだ、ほかの師団から来た連中より劣っているといわれては、送り出した元の師団の面子《メンツ》にかかわる。「師団の恥」になる。で、測量に関する学力技術力アップをはかるのだ。そんな趣旨からということだった。

「ここいらあたり、やはり軍隊なんですなあ」

海軍もそうだったが、とくに当時の陸軍では師団、連隊、大隊、中隊、小隊、分隊、そして末端の内務班にいたるまで、「隣りに負けるな」と相互の対抗意識にはたいへんなものがあった。競わせ、レベルアップをはかるといった狙いもあったろうが、下の方になればなるほど、重圧となって個々の兵隊の肩の上にのしかかっていっている。

そこに多くの悲喜劇が起きることになるのだが、とにかくも今回の場合、師団長閣下は「師団の名誉にかけて頑張れ、負けるな」とハッパをかけている。

先生役は地方(民間)で測量の専門職をしていたという下士官の軍曹だった。

あべこべに、生徒役の受講者は軍曹よりも階級が上の中尉、少尉といった将校ばかり。「五、六人」はいたろうか。特訓は一週間ということだったが、こちらもド素人ではない。

「こんなの、七日間もやられてはたまらん」

と、近藤は下手に出て軍曹先生を拝み倒し、東京の実家まで「一泊二日の無断外泊」を決め込んでいる。

「南方へ行けば、もう帰ることはあるまい。いずれ戦死するであろう」

そう思うと、怖いものはなにもなかったのだった。

「暁南丸」からの遭難飛び込み訓練。救命具をつけ陸軍兵が海に飛び込んでいる。写真は船舶特幹の訓練〈潮書房〉

さて、新天地である宇品の船舶司令部に着任してみて驚いた。

十二月の寒空のもと、北はカラフト、満州最北の満州里。南は南方戦線、そして中国戦線から、兵、下士官、見習士官、将校が「ぞろぞろ」と集まってくるのだ。

「なにをやらせる気なんだろう」「どうも船らしい」

「昨日まで軍馬のケツをたたいていたのが、こんどは船かよ」

そんな会話が交わされている。

当時、ここ宇品の地には潜水輸送隊㋒をはじめとして、船舶工兵連隊、船舶砲兵連隊、船舶機関砲連隊、㋹《マルレ》海上挺身戦隊、海上駆逐大隊、高速輸送大隊、機動輸送隊、船舶特別幹部候補生隊といった陸軍の「海上部隊」が展開していた。

近藤少尉の場合、体力検査の結果、どういう基準だったかは分からないのだが、「お前は潜水輸送隊㋴」といわれ、「マルユとはなんですか」と尋ねている。

――それからは「見るもの、聞くもの」、目を回すことばかり。

大きな講堂に集められ、日本郵船や大阪商船からやってきた教官役の現役船長、一等航海士、機関長らが（例によって）ものすごいことをいうのだ。

「あなたたちを三ヵ月で教育せよ、といわれている」「覚えようが、覚えまいが、とにかくやる」

これでは、まるで初年兵教育と同じではないか。

教科書をめくっての座学だけでなく、輸送船「暁南丸」に乗っての航海実習、機関実習もあった。遭難飛び込み訓練というのもあって、救命具をつけて高さ十メートルの甲板から海面めがけて飛び下りることになるのだが、「金ン玉が縮み上がって」いる。

そうこうしているうち、教育期間の三ヵ月が過ぎたのだが、なおも教育は続いた。よほど成績が芳しくないのか。さすがに心配になっている。

ところが――、

「お前らの乗る㋴はまだ出来ていない。で、もう一回、三ヵ月間の教育を反復する」

そんな話だったから、みな、うへぇーっ、といっている。

余談になるが、航海実習や機関実習の船となっていた暁南丸といえば、当時、㋒部隊ならずとも宇品の船舶司令部関連部隊にいた将兵だったら、だれでも知っており、多くの人が実習や演習で「いちどはお世話になった」船である。

フランス生まれの三本マストの小型客船だった。開戦時にはフィリピン船籍となっていてマニラの造船所で貨物船に改造中だった。旧船名「ヒロンデール号」。日本軍に接収されて暁南丸となった。教官たちが寝泊まりできる客室があったところから、宇品で練習船として使われることが多かったといわれる。

終戦となってフィリピンに返還されることになったのだが、同国は戦争中、日米激戦の地となって被害甚大。おまけに占領軍の威光がバックにあるとあって、この船の返還のさいには「元の姿に戻せ」と勝手な注文をつけ、日本側を悩ますことおびただしかった。

敗戦直後のこととあって、日本側には資金も船舶備品もゼロに等しい。なのに、無理を通そうとする。当時、この折衝で疲れ切った海運関係者の一人は、いまいましげに次のように回顧している。

「フィリピンのヒロンデール号も、一、二〇〇トンくらいの小さな船だったが、当時の金で三千五百万円も掛けさせられ、豪華なヨットみたいになってしまった。ピカピカになったこの船に、フィリピンの係官が美人を擁して悠々と乗って行った」（有吉義弥「占領下の日本海運」）

当時、こんなことが船に関しても多かった。

戦勝国のおごりもあって、ほかの返還船では、イモの皮むき器、電気洗濯機、電気レンジ、パン焼き器、はては「便器にビデをつけろ」なんて言い出す始末。文句のひとつでもいおうものなら、「戦争中、日本人にはいじめられた」「このくらいサービスして当たり前だ」と、ぎゃくにくってかかられている。（拙著「客船がゆく」）

さて、ⓨが未完成のため、図らずも「みっちり仕込まれ」ることとなったⓨ要員のうち、近藤少尉も含めた将校四人が航海と機関部門に分かれ、ⓨ部隊の教官要員となっている。民間の商船船長ら「文官」による教育時代は過ぎ、いよいよⓨ部隊も「自前で教育ができるようになった」ともいえる。昭和十九年六月ごろのことだった。ちょうど四工場におけるⓨ建造が軌道に乗りかけた時期にも当たっていた。

ここで、肝心のⓨ建造のそれまでの経過をおさらいしてみると、十八年十二月末における日立製作所笠戸工場の試作艇下松一号の潜航テストまでは紹介した。このテストで海軍が「落ちた（沈没した）」と騒ぎ、一方の陸軍側は「潜った、潜った」と手放しで喜んだという話も記した。

以降、四つの工場ではフル回転で建造を急いでいる。

先の日立製作所笠戸工場製の下松一号（試作艇）が陸軍側に引き渡されたのは十八年十二月八日のことだった。しかし、次の二、三号艇の引き渡しは大幅に遅れて十九年五月四日となっている。なお、同工場では終戦時までに二十四隻が建造されている。

日本製鋼所広島工場海田市一号艇の引き渡しは十九年六月十五日。十隻が建造されている。安藤鉄工所東京一号艇は十九年九月四日の引き渡し。建造実績は二隻。朝鮮機械製作所仁川一号艇は十九年八月二日引き渡し。ここでは既述のように四隻がつくられた。

四つの工場で総数四十隻にのぼる㋴が建造され、実際に運航されたことになる。（㋴戦友会資料）

航行中の㋴の艦橋から艇首を見る。乗員がのぞき込んでいるのは防水型の羅針儀〈潮書房〉

前にも記したように計画では十九年三月末までには七十隻以上が出来上がることになっていた。それが、下松一号艇を除き、上記のような各工場の引き渡し時期となっており、かなりの遅延がみられる。最終的には「計画倒れ」になってしまったのだった。

「やはり、潜水艦というものは、一朝一夕で建造運用できるものではなかった」（「偕行」五十九年三月号）

近藤少尉が「みっちり」と教育を受け、そして㋴部隊の教官要員となったのは、こうした時期に当たっていた。

ただ、ここで注目されるのは、上記のよ

ことである。

うなまことに心許ない㋹の陣容であるにもかかわらず、近藤少尉が㋹部隊教官になる直前の十九年五月、早くも大本営陸軍部は風雲急を告げるフィリピン戦線に㋹の出撃を命じている

派遣隊員のメンバーは先にも述べた大竹や呉の海軍潜水学校・分校で海軍側から特別教育を受けていた㋹幹部要員が中心であった。使用艇は下松一号、二号、三号の三艇。このうち、二、三号艇は右記のように引き渡されたばかりの㋹であった。

以上のフィリピン出撃の経過とその結末については後述することになるが、「予想外」に早く出された出撃命令は、陸軍部がそれだけ㋹に期待をかけ、その完成をじりじりする思いで心待ちしていたことがうかがえるようだ。

いよいよ第一陣が出撃——。三島の㋹部隊には緊張が走っている。さらに明日にでも二の矢、三の矢の前線派遣隊編成命令が下ることも十分に予想されるのだ。隊員の教育・訓練にいっそうの拍車がかかったことはいうまでもない。（なお、この出撃のことを「出戦」と表現される㋹関係者は多い。本書では通例に従って、談話以外は「出撃」とさせていただいた）

ところで、近藤少尉が㋹に関係するきっかけとなった測量技術のことだが、その後、格別変わった任務が与えられるということはなかった。

「なんのために測量関係者を募集したのか見当がつきません」「ま、㋹に乗って役立ったことはといえば、船橋から目で見て対象物とのおおよその距離が推定できるといった程度でし

たか」

いま、近藤は、そういって、苦笑するのである。

戦後、三島の地に居をかまえた。土地の娘さんと結婚し、現在、駅前で大きな玩具店を経営している。(ゆ)の碑がある金刀比羅宮の清掃を欠かしていない。

(ゆ)がゆく

陸軍見習士官、小矢《こや》義就《よしなり》(79)=写真=は、九州熊本の陸軍第六師団捜索第六連隊の出身だった。のち少尉。

小矢義就

困った——。ほんとうに困っている。

機帆船に乗って航海術の特訓を受けているのだが、うまく操舵ができないのだ。

「貴様あ、船はさっきからぐるぐる回っているばかりではないか」

後ろから教官にそう怒鳴られると、かえって緊張してしまい、舵を取る手に力が入ってしまう。ますます船はアサッテの方へ向くといった具合なのである。

さんざんに怒られ、こんどは見張り当直に立たされている。

さっそく問題が出された。

「向こうから、なにか近寄ってくる。ナニか」

「浮遊物であります」

「ずんずん近寄ってくるではないか。早く報告しろ」

「………」

お前じゃ役に立たんと、ベテラン乗組員に代えられた。その報告――。

「右前方一〇〇メートル付近より、黒いものが近づいてきます」

「黒いものはなにか、確認報告せよ」

「黒いものは木片の浮遊物であります」

「了解」

これが、教官の求める簡にして要を得た模範的な報告要領だった。

小矢は見張り役として、船の運航に支障をもたらすかもしれない、あるいはそうではないかもしれないが、前方に漂うものをいち早く発見すべきだった。そして、とりあえずは船橋に報告すべきだったのである。

もちろん、教官が悪意をもって小矢に当たっているわけではなかった。それが、見張り当直者としての任務であったし、報告は義務なのだった。

小矢は、そうしたことを身をもって教えられることになっている。

熊本の捜索連隊は騎兵、自動車、装甲車（軽戦車）の三部門に分かれていた。小矢はその三つの専門部隊をぐるっとひと回り、それぞれの教育を受けていた。

おしまいの自動車部隊にいたところで幹部候補生試験に合格。香川・豊浜にあった陸軍船船幹部候補生学校へ転属している。この豊浜で敵前上陸作戦要員として訓練を受けていた十九年十月、こんどは「(ゆ)専門教育」のため、三島の(ゆ)部隊へ行け、ときた。

「なんの因果か知らんが、百姓のせがれが、海へ、海へ、と押し出されていく」

候補生学校にいたころ、(ゆ)についての噂は薄々ながら耳に入っていた。

「ドロ舟は聞いたことがあるが、豆潜水艦とはねえ」

「陸軍がそげんもんばつくって、どげんすっとやろか」

「佐久間艇長みたいなマネは、おどんには出来んばい」

仲間うちでのもっぱらの取り沙汰であった。

明治43年4月15日、ガソリン潜航実験中に沈没した第6潜水艇(上)。写真は事故後、引き上げられ呉工廠ドック内で調査、修理中の姿。右は沈没時の艇長・佐久間勉大尉〈潮書房〉

——佐久間艇長とは明治四十三年四月、広島湾岩国新湊沖で演習中、潜水事故により沈没した第六潜水艇の艇長だった人だ。部下十三人と共に殉職。名は勉、当時三十歳。海軍大尉。のち、引き揚げられた艇内では、全員が部署についたまま倒れており、大尉の軍服ポケットからは「沈没原因、沈没後の状況」を克明につづり、最後に「乗組員遺族への配慮」を要望する遺書が見つかった。

遺書は潜水艦事故の解明に役立ち、「日本潜水艦発達の礎」となった。一方でその責任感が世間の大きな反響を呼び、尋常小学校の教科書にも取り上げられた。出身地の福井県三方町と母校があった同県小浜市では、命日の四月十五日、顕彰祭が行なわれている。

さて、小矢は、そんな㋴部隊へ行くのか、と思っている。だが、命令は絶対だ。覚悟を決め、三島の㋴部隊の門をくぐっている。

と、まあ覚悟を決めていたはずなのだが、いざ、こうして寒風のなか、「海のルール」を一つ、ひとつ覚えていかねばならぬとは「ほんと、たいへんなこと」であった。

候補生学校ではドンパチの敵前上陸訓練が主とあっても、船の用語である「面舵いっぱい」「ようそろ（宜候）」くらいは聞いていた。しかし、見ると聞くでは、そしてやってみるとでは、これが大違いなのだ。

「自動車のハンドルと船の操舵は、ぜんぜん違うんですな、これが」

「先の見張り当直にしても、役目は、ま、前方から来る船への注意か、浮遊機雷の警戒くらいか。そんなふうにしか思っていませんでしたから」

それよりもなによりも、船から下は、何十、何百メートルもある海の世界。

「腰から下がすーすーするような感じで、落ち着きませんでしたなあ」

手旗・発光信号から地文航法、天文航法。さらに羅針儀、六分儀の扱い。ツリム（海中で艇を平衡安定させる）計算。実際の(ゆ)運航にあたっては、操舵関係だけとっても、潜舵、横舵、縦舵があって、なにがなんなのか。どれがどれなのか。

取水排水のための金氏弁（キングストン弁）というのもあった。

陸軍船舶特別幹部候補生の訓練風景。上は六分儀による天測実技、下は大発を操縦しての上陸訓練〈潮書房〉

ベント弁というのは、あれは、たしか、タンク上方の弁だった。全開すると上から空気が抜け、下から海水が入って艇は沈む。浮上のときはこの弁を閉め、空気ボンベから空気を放出すると海水が排出されて艇が浮かぶ。そんな仕組みではなかったか。

「ラ号手」という配置もあった。ラ号は水中に音波を発信して船体を探知する装置ということだった。これが、果たして役立つのかどうか。だいいち、相手を探知してどうなるのか。心許ないところがあった。

「わたしのクラスの将校仲間で、率直にいって㋴の操船に自信がある者は最後までいませんでした」「それでも、やがては艇長として部下に命令を下す立場になるんですから、それは自分なりに必死でした」

なお、小矢の教育に当たった教官の一人は、前項で紹介した近藤栄司少尉だった。

「七転八起」と題した小冊子の人名簿を持っている。教官近藤少尉を先頭に教え子の小矢ら見習士官三十一人の名前が記されている。当時のこととて紙質はよくなく、すでに黄ばんで変色しているのだが、「㋴で国に報ぜん」と誓った仲間たちの名簿ということであった。

そうした小矢の困惑はもっともで、ほかの「教育現場」でも、戸惑いの連続だったことには変わりはなかった。

たとえば――、

のちに紹介することになる出口俊彦中尉の場合は、これは海軍呂号潜水艦で訓練を受けていたときの出来事だったが、艦橋当直で約二千メートル前方に漁船五、六隻が操業しているのに気づいている。右か、左か、どうかわそうか。まだ大丈夫だろう。あれこれ思案していると、後ろに立った教官（海軍少佐）が、いきなり、「取り舵っ」と大声で命令している。まだ距離は十分あるのに、と不満だった。しかし、あとでお説教をくっている。

「まだ大丈夫と思うのがいちばん危ない。船には惰性があるし、間に潮流があるかもしれな

愛媛・三島の潜水輸送教育隊で訓練に使用されていたゆ2001号艇。東京・月島の安藤鉄工所建造の試作2号艇である。司令塔側面に敵味方識別用の日の丸が描かれている〈潮書房〉

い。いきなり強風が吹くかもしれない」

　船の世界には「迷ったら即、舵を切れ」という言葉があるのだ。レーダーが発達した現代の商船の世界でも「二マイル（三千七百メートル）前方に霧が出てきたら不安になる」というくらいなのである。

「とにかく、徹底的にやられました。とくに安全運航についてはやかましかった」

「船は合理的なつくりになっているから、陸兵お得意の『要領』なんてものは、まるで役に立たない」

　宇野寛中尉の場合もオカしいことがあった。ゆに艇長として乗っていたのだが、どこを走っているのか分からなくなってしまった。漁船を見つけ、どこかに着くだろうと随いていくことにしたのだが、相手はこの正体不明のヘンな潜水艦を気味悪がって引き離そうとする。そこで、「日の丸」を大きく振って安心させている。

ここらあたり、ⓨ部隊の文字通り草分けであり、部隊長となった矢野光二中佐はその手記の中で、実際にⓨに乗ってみると「いろいろと問題が持ち上がってきた」と次のように書いている。（「週報」三十一年五月十五日号）

「艇はきわめて小型なので、もぐったら最後、（乗組員が）一人でもちょっと位置を移動すると、バランスを失って鋭敏に前後に首をふるのである」「潜航中、艇に傾度を与える必要が生まれると、本来ならばモーターを運転して前部と後部のタンクに水を移動させるのだが、敵にこの音響をキャッチされる恐れがあるときには、すばやく乗員の位置を移動させて艇に傾度を与える。（中略）『前方に二名、移動せよ。大至急』という珍妙な号令を発する」

「乗員の一番の苦痛は、行動中、タバコが喫えないことと、用便処置である。タバコはそれでも我慢できるとして、生理的要求の処置にはホトホト手を焼いた（中略）。ⓨにはその設備が全然ないからである。そこでいろいろと考えた末、石油カンを艇内に持ち込むことにした」

「ところが、これに用を足すと、潜航中はハッチが密閉される関係上、悪臭の逃げ場がなく、ちょうどコエたごに缶詰めされたようになる」「そこで臭気の発散を防ぐため、重油をカンに入れてその中に落とすことを試みたのだが、そういつも都合よく、スポッと油の層の下に落ちるカタサのものばかり出ず、時には油の上に散ることもある」

「思えば当時の戦局と同様、雪チン詰めの戦いであった」

「合戦準備」
「ベント試セ」「ベント試ス」「ベント開ケ」「ベント閉メ」「艇内合戦準備ヨシ」
「潜航用意」「艇内潜航用意ヨシ」
「電動機用意」「電動機用意ヨシ」
「機械停止」「機械止マリマシタ」
「縦舵艇内操舵」「操舵手ヨシ」
「電動機前進原速」「電流制定」
「メンタンク金氏弁開ケ」「金氏弁全開」
「ベント開ケ」「前後部ベント全開」
「潜入深サ〇」「潜入深サ〇」
「舵角定メ」「潜横舵、下〇度付近」
「ベント閉メ」「ベント閉鎖」

逆巻く海を、いま、われらがⓨがゆく。
「ツリムハドウカ」「ツリムヨシ」「ツリムヨシ」

第四章　八丈島輸送作戦

㋻部隊の展開

すでに日本軍の敗色は濃厚なものとなっていた。

本土への空襲は相次ぎ、日本列島周辺海域においても米機動部隊艦艇の出没情報がしきりであった。㋻部隊が第一次マニラ派遣隊に続き、二の矢、三の矢を継ごうにも、フィリピン・マニラ行きどころではなかった。いまや、本来の目的である南方戦線への物資輸送も空しい夢となり果てていた。

昭和二十年一月三日、米機動部隊、台湾・沖縄に来襲。二月十七日、米艦載機、関東地方を空襲。同十九日、米軍、硫黄島上陸。三月五日、マニラ方面の戦闘止む。同月十日、東京大空襲。同十三日、大阪空襲。同十七日、硫黄島守備隊玉砕――。

やっとのことで陣容が整ってきた㋻部隊なのだが、以上のような戦況の中で、その活躍の場はきわめて限定されることになったのだった。

㋴部隊略史によれば、二十年初頭から五月にかけ、三島を根拠地とする㋴部隊は以下の三つの派遣隊をそれぞれの任地に向かわせている。

(1)静岡・伊豆半島先端にある下田を基地とする東京派遣隊

(2)長崎・島原半島先端にある口之津《くちのつ》を基地とする口之津派遣隊

(3)対馬・壱岐を望む長崎・御厨《みくりや》を基地とする御厨派遣隊

このうち、(2)の口之津派遣隊は㋴四艇をもって編成されており、「主として南西諸島方面への輸送」に任務があった。(3)の御厨派遣隊もまた㋴四艇からなる部隊であり、朝鮮海峡方面が主たる輸送担当区域とされた。

本項の主題となる(1)東京派遣隊の場合は、到着時期は異なるものの最終的には六隻の㋴で編成された大部隊であり、その任務は明確だった。

次の決戦地と目された「硫黄島への補給作戦」であった。

下田基地から物資を八丈島まで輸送し、ここを経由地として硫黄島に運び込もうという計画だった。このため、まず八丈島に派遣隊基地をつくることにしている。

だが、米軍の動きは迅速をきわめた。すでに占領したサイパン、グアムなどのマリアナ諸島から日本本土を空襲するB29の護衛戦闘機の基地として、さらにはB29の不時着地として、硫黄島の占領を急ぐ必要があったのだ。

㋴部隊の下田進出は一歩おくれた——。

最初に下田に派遣される㋴の二艇が三菱横浜造船所で「改修を実施して出戦準備の万全を期し」ていた二十年二月十九日、米軍は硫黄島上陸作戦を開始したのだった。

㋴東京派遣隊はこうした米軍の激しい攻勢の中で最初の犠牲者を出している。

硫黄島に上陸した米海兵隊。㋴部隊東京派遣隊による補給作戦は、ついに間に合わなかった〈National Archives〉

「二月下旬、八丈島に先遣隊として加藤少尉以下十四名を（輸送船）『大美《だいび》丸《まる》』に搭乗せしめて東京を出港せしめたが、途中、父島付近にて米機の空爆を受けて沈没し全員戦死をとげた」（㋴部隊略史）

資料によれば、この「大美丸」（五三〇総トン）は大阪商船の小型貨物船。いわゆる戦標船（戦時標準型船）で戦争中に急造された「粗製乱造」の低性能の船だった。二十年二月十七日、父島二見湾に投錨中、米B24爆撃機が父島の日本軍需施設を爆撃したさい、被爆沈没している。

ところで、この硫黄島をめぐる日米間の戦いには、丁型潜水艦と呼称された日本海軍の輸送潜水艦も参戦している。

丁型潜水艦は、もともとは「離島に対する奇襲」「上陸作戦用」として構想されたといわれるが、最終的にはガダルカナル戦の戦訓から物資輸送用としてつくられた。十四センチ砲一門、二十五ミリ機銃二門。当初設計案にあった魚雷発射管二門は二番艦以降廃止されていた。全長七十三・五メートル、基準排水量千四百四十トン（水上）。

十九年五月二十五日から同年十一月八日にかけ、伊三六一潜～三七二潜として合計十二隻が建造された。ちょうど㋴が相次いで就役している時期にあたる。

ここらあたり、どう考えたらいいのであろうか。陸海軍が同じ時期、競って潜水輸送艦艇を建造していたという話なのである。

ちょっと話は後戻りになってしまうが、これまでにも引用してきた「陸戦兵器総覧」の中で陸軍第七技術研究所（のち十研）塩見文作少佐は次のように書いている。

「筆者（塩見）は反問した。海軍の潜水艦が補給しているのならこれを強化してはいかが、と。しかし、その陸軍参謀がいうのには、

『たとえば同じように悪い状況にある海軍部隊と陸軍部隊とが二つの別の島に存在した時、補給にあたる海軍潜水艦の艦長のとる舵は人情としてどうしても海軍部隊のほうに自然に取られて、どうしても陸軍部隊のほうは後になる』という」

「結論として陸軍自体で輸送潜水艦を作らざるをえない。しかも海軍には内緒でという条件であった」

また、こんな資料もある。

筆者は終戦時まで潜水艦作戦を担当していた元第六艦隊（潜水艦隊）首席参謀、井浦祥二郎海軍大佐である。

昭和20年2月21日、甲板に回天を搭載して出撃する丁型輸送潜水艦伊370潜。硫黄島沖で米駆逐艦に撃沈された〈潮書房〉

「ガ島の撤退戦が終わって、しばらくしてからのことだったが、私は富岡課長（海軍軍令部第一部第一課長）から、

『陸軍で輸送用潜水艦をつくっているという噂があるが、君、知らないかね』

と、たずねられたことがあった。

その後しばらくして、（海軍省の）軍務局員から『陸軍省から潜水艦のことで相談があると言って、係の人がきているから顔を出してくれ』といってきた。いって見ると、陸軍の係官が設計図の青写真を卓に拡げていた。私より先に海軍艦政本部の造船官も呼ばれていた。

『どうしたんです？』と、聞いてみると、

『陸軍大臣から、輸送用の潜水艦を大急ぎでつくれと命ぜられて、設計したんですが、うまくゆかないところがあるので、御相談にあがったところです』

という答えであった。

艦艇専門の海軍でも、日露戦争直後から、何十年もかかってようやく一人前に仕上げた潜水艦を、いかに輸送用の簡単なものとはいえ、陸軍でオイソレとモノにできるわけはない。まったく無茶な計画と言わざるをえない。

『そんな計画がおありでしたら最初から海軍に相談されたらよかったでしょうに……。手早く、そして立派な潜水艦ができたのですが……』

と、話しかけると、

『実は……東条さん（東条英機首相、陸相・内相兼務、陸軍大将）から、〝海軍に相談すると、きっと反対されるから黙って極秘でやれ〟と言われたもんですから……』

頭をかきながら、陸軍省の人の答えであった」

「初めから、陸軍の方でアッサリと資材を海軍に提供して輸送潜水艦の建造を依頼してくれば、海上兵力の増強にもなったろうし、とにかくなんとか使い道もあったのだが、惜しいことをしたものである」

もうすこし続けてみる。

「海軍省と陸軍省との間に妥協絶望の事態がしばしば起こった。私なども軍務局員の口から、ときどき『敵国陸軍』という言葉を聞いたことがあるが、陸軍省の方から言わせれば、海軍は『敵国』であったのかも知れない」

「潜水艦事件は、その小さな例の一つであるが、これについては深刻な反省が必要であろう。

この陸海軍二大勢力の対立抗争は、これをおさえる有力な政治勢力が他にないために、人員や物的資源、特に限りのある僅かな物的方面の資源を無駄にしたものが多く、戦争遂行上の大きな支障の一つであった」（井浦「潜水艦隊」）

ここらへん、いまとなると、なかなか理解し難いものがあろう。

なにせ、米英など連合軍と取っ組み合い、ドンパチの真っ最中というのに、陸海軍がお互いに「敵」呼ばわりして内部抗争しているというのである。このことは現代の官僚組織を考えれば分かりやすいかもしれない。予算獲得競争、人材確保の争い、権益拡大をめぐる縄張り争い。それに当時は双方が強大な武力を持つ武装集団だったから、ますます始末におえなかったのだった。

それがどんなものであったか。

ひとつだけ、アホらしいほどの具体的事例を紹介してみると、十七年四月、南洋海運の貨物船「浄宝縷丸《じょほうる》」（六、一八七総トン）に乗っていた一等航海士、中島一夫（92）＝写真＝は、寄港地のシンガポールで異様な光景を目撃している。のち船長。

当時、シンガポールは日本軍の軍政下にあって「昭南島」と呼ばれていた。船員たちは制服姿で自由に見物して回り、買い物もすることができた。と、あるデパート前で、中島らは思わず足を止めている。

中島一夫

そこの店先の立て看板には「陸軍軍人、陸軍軍属以外は入るべからず」と大書されていた。陸軍管理下にあるデパートということだった。イヤなものを見たような思いで足早に立ち去り、別のデパートの前まで来ると、こんどは「海軍軍人、海軍軍属以外は立ち入るべからず」とあったのだった。

「恥ずかしくないのか」

船員たちは、そんなことをつぶやいている。

戦前、中島らは外国航路で世界の港を見ていた。だから、ついつい、そんな「国際感覚のない日本人」に思いが走ることになっている。

「こんなところまで来ても縄張り争い」「すべてが内向きで、こんなことで世界を相手の戦争に勝てるだろうかと思いましたなあ」

ⓨと同時期に登場した海軍丁型潜水艦の話に戻るが、この時の硫黄島行きは回天特別攻撃隊千早隊を搭載しての出撃となっている。

伊三六八潜、伊三七〇潜――。それぞれ「回天」五基を搭載し、山口県大津島基地と光基地を出撃。ふたたび還らなかった。千早隊十隊員の「回天」による戦果も確認されていない。

このせっかくの丁型潜水艦なのだが、かなりの酷評があるところだ。

「他の潜水艦とは比較にならぬようなお粗末な潜水艦であった」「極言すれば泥縄的潜水艦だった」「昭和二十年になって、ほとんど利用価値を失った丁型潜水艦は回天という攻撃兵器を搭載することによって、何とか存在価値を保ち得たのであった」（第六艦隊水雷参謀・元海軍大佐、鳥巣建之助「人間魚雷」）

攻撃精神、敢闘精神とかいう言葉が盛んにもてはやされた当時の風潮を考えれば、こういう評も成り立ち得るのであろう。それにしても、魚雷発射管をはずされ、なんらの有効な対抗武器も持たず、ただひたすら物資補給に従事する輸送潜水艦乗りの（いわれのない）肩身の狭さが思いやられるようなハナシである。

この記述にしたがえば、「日露戦争直後から何十年」もの経験を持つ海軍が、すくなくともその海軍自らが設計、建造した輸送潜水艦をして、「お粗末」「泥縄的」というのである。

これからすれば、「イロハ」からスタートし、一年経つか経たないうちに登場した陸軍の㋴はどう評価されたらいいのであろうか。

こうしたことを㋴東京派遣隊の隊員たちは知らない。

知る由もなかった。どうでもいいことかもしれなかった。

ただ、ただ己に課された任務を果たすべく、黙々と艇の整備にあたっている。

相次ぐエンジン故障

あれは、たしか、日立製作所笠戸工場で建造された㋴の下松艇一号が進水したときだったから、昭和十八年十二月末のことだった。

やはり、この工場で同時建造中の六号艇艤装員として㋴部隊から派遣され、二号艇進水現場に居合わせた陸軍伍長、高野幸三郎（82）＝写真＝は、進水状況を見守っていた海軍技術士官の次のような言葉を記憶している。のち軍曹。

「あ、やはり、これは陸軍の設計だ」「ごつ過ぎるよ」

「こんな、ずんぐり型では速度が出ない。いくら（エンジンを）ふかしても抵抗が大きいから走らないね」

高野は早稲田大学工学部の機械科を出ていた。民間会社の荏原製作所設計部にいたところを徴兵で新潟・高田の歩兵第三十連隊に入った。ここでは「早く除隊したいから」と幹部候補生試験受験の勧めを拒否し続けたから、さんざんブン殴られている。

上の方でかわいそうに思ったかどうか、埼玉・所沢にあった陸軍航空整備学校へ行かされた。そこへ「機械に詳しい兵隊を」という船舶司令部からの要請で㋴部隊への転属となっていた。

航空隊から㋴部隊への転出は、きわめて稀有なケースだった。

だから、でもないが、先の海軍技術士官のいうことはよく分かる。「兵隊の分際」では口には出せなかったが、かねて頭の片隅にそんな思いがあったからだった。大学で機械を学び、航空整備学校で少しは流体力学とやらをカジってもいるのだ。

で、冒頭の話に戻るが、そんな経歴を知っている工場関係の将校の中には、高野に一目を置き、率直な思いを話しかける人もいた。先の海軍技術士官もそうだったし、こんなことをいう陸軍将校もいた。

「こんなフネで、行けっ、ていう方が無理なんじゃないかな」「まだ艤装段階なのに、あちこち故障が見つかるんだから」

たしかに高野伍長にとって、(ゆ)は厄介なフネだった。

戦後からこれまで、ずっと、高野は「総入れ歯」である。艇では水中航走時に使うバッテリー（蓄電池）も担当していた。「バッテリーは潜水艦の生命」。ところが、(ゆ)装備のこのバッテリーがなんとも「程度が悪く」て、亜流酸ガスであったか、そんなガスを「ねろねろ」「もうもう」と出すのである。

「おかげで歯がぼろぼろ。戦争が終わって復員するころには、まったくの歯なしになっていました。ハナシになりません」

エンジンもまた、すごかった。

高野幸三郎

潜水艦用内燃機関はディーゼルエンジンと相場が決まっているのだが、(ゆ)の場合、ヘッセルマンエンジンといって、もとはといえば米国製の石油井戸掘削用のエンジンとして使われていたものを装備していた。二百馬力エンジンが二基あった。
燃料噴射・火花点火方式で、空気の圧縮熱を利用したディーゼルよりも馬力当たり重量が小さく、「灯油または軽油でもO

K」の多種燃料機関という利点があった。つまり、それだけ狭い艇内で場所をとらないうえ、燃料も兼用が効くということから採用されたのだが、調整が難しく、特殊な点火プラグが必要というマイナス面を持ち合わせていた。

「現在の（日本における）工業状態で作れるかと（技術者に）聞くと、『作れる』とのことであったので、これに決めた」（「陸戦兵器総覧」）

この後、ヘッセルマンエンジンは神戸製鋼所、大阪金属、大阪発動機に大量発注され、生産されている。

このエンジンでまた、高野ら機関配置の隊員たちは大苦労することになっている。

水上航走のさいにこのヘッセルマンエンジンを動かして走るのだが、なんとまあ、見事なばかりに「もくもく」と煙を出して走るのである。

「みっともなくて走っちゃおれんでした」

いかにこの煙の発生を少なくするか。

高野らは、これぞと思われる部品を捜し求め、取りそろえるのにおおわらわになっている。

陸軍少尉、宮下博弥（80）＝写真＝は、日本製鋼所広島工場で建造された海田市九号艇の機関長だった。こちらは神戸高等工業学校（現神戸大学）工学部機械科卒。

芝浦電気（現東芝）にいたところを軍隊にとられた。広島にあった第五師団捜索第五連隊で戦車兵教育を受けたあと、幹部候補生試験に合格して満州公主嶺の陸軍戦車学校に入った。

やっと卒業して元の捜索第五連隊に戻ったところで、十八年七月、「特殊艇要員になれ」と、こうだった。

日本製鋼所広島工場で初めて艤装中の㋴を見たときは衝撃だった。

宮下博弥

少尉時代の宮下。上衣のすそが短い㋴隊員独特の制服姿である〈宮下博弥〉

「こんな、ちっちゃなフネに乗るのか。もう生きて帰れん」

捜索第五連隊から船舶司令部に転属となった将校は五人だった。うち宮下ら二人が㋴部隊に行くことになったのだが、宮下ら二人は「貧乏クジを引いた」と嘆き、あとの三人が慰め役に回り、盛大なお別れ会をしている。

戦後、生き残れたのは、この二人だけだった。

そんなこんなの宮下少尉だったが、やはり、ヘッセルマンエンジンには大いに手こずらされている。それも機関部としては初歩的なシリンダー磨き、エンジンヘッド分解が主な仕事となっているから、ほんと、「このエンジン、どうなってんの」だった。とくに点火プラグの扱いにはさんざん泣かされたもんだった。

十九年八月末、宮下少尉の九号艇は、同じ工場で建造された海田市八号艇、さらに先の高野伍長が乗る下松六号艇と同五号艇の四隻に支援母船一隻とで、九州宮崎の土々呂沖まで合同外洋航海訓練に出かけている。

ところが、この㋹四隻のうち三隻までがエンジンの故障に見舞われたというのだから、なんとも始末にわるい。

宮下によれば――、

まず五号艇が大分・佐伯湾まで来たところでダウン。続いて高野の六号艇もまた、出港早々、調子がおかしくなって別府湾までたどり着いたものの、どうにもならなくなって引き返している。やっと訓練に参加していた宮下の九号艇も最終日に「クラッチの焼損」で動けなくなっている。

「訓練中、機関部のわれわれは徹夜続き。おしまいには、どうにでもしてくれ、と投げ出したくなったくらい」

結局、まともに走ったのは八号艇だけだった。

相次ぐエンジントラブル騒ぎなのだが、なにも全部がぜんぶ、エンジンがおかしかったわけでも、㋹機関部員の技術が劣っていたわけでもなかった。

「油」にも問題があったのだった。

「日本軍も石油輸送に躍起となっていたが、敵もその油槽船団をやっつけることに懸命だった。十八年九月に米国潜水艦部隊の受けていた命令は『タンカー攻撃をあらゆる船舶に優先せよ』ということであった」(「日本郵船戦時船史・下」)

かくて南方からの貴重きわまりない油を運ぶ日本タンカーは、そのことごとくが撃沈されていっている。軍艦とちがい、有効な対抗手段も持たず、「武器なき海」で果てねばならなかった輸送船乗りの悲劇は「勇戦敢闘の戦記」の裏面に隠れたままである。

宮崎・土々呂沖で外洋訓練中の9号艇(ゆ1002号艇)。艇首から後方を撮影したもので敵味方識別用の白帯が見える〈宮下博弥〉

「石油の保有量は、すでに昭和十九年、急激な減少カーブをたどり始めていた。南方からの油槽船が次々にアメリカ潜水艦の餌じきとされた」「本土決戦を戦うにしても、撫順(満州)のオイルシェール(月産五千キロリットル)、興南(朝鮮)のイソオクタン(月産千キロリットル)、国産原油からの海軍取得分(月八百リットル)に期待をつなぎ、貯蔵タンクにのこった泥油まで処理しようという状態では、どうにもならなかった」

（内藤初穂「海軍技術戦記」）

処置なしである。

このため、海軍は本土決戦に備え、輸送潜水艦のほかにも航空揮発油輸送潜水艦まで建造したほどだった。（二十年、二隻完成。いずれも作戦行動中、消息不明となる）

同じ海軍の第二十三号駆潜艇の記録によると、二十年六月ごろ、寄港地の上海、青島には重油はなく、菜種油や落花生油を補給した。さて出港というところでエンジンを動かそうとしたが、起動しない。

調べてみたら、シリンダーに「ナメクジが這ったような」傷跡が続き、摩耗して凹んでいる。「落花生油に含まれていた固定炭素による摩耗」ということが分かったから、機関部員が顔を見合わせたというハナシもある。（戦友会編「第二十三号駆潜艇戦記」）

また、ⓨ部隊に関していえば、果実のヒワの種子から「潤滑油」を絞ろうと試みたこともある（「ⓨ戦友会回想録」）。二十年春には松の木の「松脂」から油を取る目的で、ⓨ隊員たちが伊予三島の山中にわけ入っての「松根油」採取作戦も行なわれている。

ⓨの燃料油問題に関しては、先の高野伍長、宮下少尉は次のような苦労話を持ち合わせている。

「エンジンから煙がもくもくと出るのも油が悪かったことがある。シリンダー内部にスス（カーボン）がべったりと付着して、エンジンに無理がくる。これが重なって故障を起こす

といった具合だった」（高野）

「目立って油が劣悪なものになってきた。とくに満州産のオイルシェールが混入されるようになってくると、吸入口や排気口のバルブシート（弁座）、さらにはピストンリングにススがたまって圧縮漏れが起きる」「点火栓や燃料噴射弁の詰まりなど、しょっちゅうで、ほとほと泣かされましたなあ」（宮下）

ここでいうオイルシェールは撫順産油頁岩《ゆけつ》層から採取した重油のことで、いちどは海軍の品位テストに合格したが、不純物の含有量が多いことから、のち「不適当」とのラク印が押された曰くつきの油だった。（満鉄経営の撫順式オイルシェール乾留工場が生産したものだったが、責任を取って工場長がピストル自殺をしている。その後、工場側では新方式を開発したが、ときすでに遅く、敗戦を迎えている）

このような苦しい台所の燃料油問題だったが、ただし、これが、いざ出撃となると、すこし事情がちがっている。

「出戦のさい、良質の油が支給されました。死を覚悟して出ていく者へのせめてもの配慮だったのでしょうか」（高野、宮下）

高野伍長の六号艇、宮下少尉の九号艇――。

いずれも、下田を基地とし、決死の八丈島輸送に当たる東京派遣隊の㋹であった。

特攻部隊と心得て

そんなふうに㋴各艇それぞれになんらかのトラブルを抱えていたから、東京派遣隊に所属すべき六艇が全艇そろって一斉に下田基地に集結したわけではなかった。

第一陣の海田市八号（以下、八号艇）と下松七号（七号艇）が下田に到着したのは昭和二十年三月四日と六日のことだった。

だが、もうそのころともなると、本来の輸送目的地である硫黄島では二月十九日、米軍による大規模な上陸作戦が展開されており、もはや手の届くところではなかった。一ヵ月後の三月十七日、硫黄島守備隊は味方を上回る損害を敵に与えつつ、玉砕している。

米軍の次なる目標は小笠原列島か、八丈島か。

小笠原は硫黄島のすぐそばにあって、間近すぎる。もし、米軍が次の飛行機基地をつくろうと目論むならば、もう一歩先に進み、より東京に近い八丈島ではあるまいか。

かくて㋴東京派遣隊は八丈島守備隊への物資補給に全力をあげることになっている。八号艇は八丈島に七回、新島に一回の輸送に成功した。七号艇も出撃しているのだが、こちらの方は行動記録に乏しく、詳細は分からない。

五月初旬、後続の海田市九号艇、同十二号艇も下田着。その後、同十四号艇と下松六号艇も姿を見せた。

ここにおいて東京派遣隊はやっと全艇が顔をそろえ、勢ぞろいしたことになる。

このうち、九号艇には前項で紹介した宮下少尉が乗っており、六号艇には高野伍長が乗艇していた。この両艇とも八丈島輸送に従事し、次のような談話があるところだ。

「あらかじめ打ち合わせていた会合水域に到達すると、島陰から大発（大型発動機艇）がやって来る。ゴム袋に入れたコメを艇から渡す、または状況によっては海に流して拾い上げてもらう」

「空襲を警戒して夜間の荷役作業になるケースが多かったのですが、兵隊としては年配の補充兵が多くて動作がにぶい」「おそらく家族持ちの兵隊だったのでしょう、㋴はまた内地に帰るんですね、なんて、うらめしそうな目でいうものですから、たまりませんでした」（宮下少尉）

「輸送貨物は食糧、弾薬が多かった。受け取りに来た兵隊から『弾薬なんかは十分にある。こんどは軍馬の飼料を持ってきてくれ』なんて頼まれた。大苦労してそんなもん運べるかと憤慨したが、船舶司令部は現地事情を把握していないな、とも思った」

「帰りは空荷で走ることになるが、空襲などで戦死した守備隊兵の遺骨を収めた白木の小箱を預かったこともあった。十個から十二個のときもあって、ここも第一線の戦場なんだな、とあらためて思ったことでした」（高野伍長）

ところで、冒頭で述べたように第一陣として、まず、下田基地に陣を構えたのは八号艇と二日遅れの七号艇だった。その先頭の八号艇も三島を出てから約三ヵ月がかりで到着している。このため、結局は当初目的の硫黄島輸送が不可能になっている。

ほかの艇ともなると、工場からの引き渡しが遅れた艇もあったにせよ、なかなか到着していない。やっと終戦間際になって全艇が顔をそろえたというのは、いささかもどかしすぎる話ではあるまいか。

八号艇の艇長は第二章の中の「現場の戸惑い」の項にも登場してもらった宇野寛大尉（十九年十二月昇進）だった。「沈んだ」「落ちた」の騒ぎとなった㋹最初の試作艇潜航テストのさい、海軍側要人の案内役をつとめた人である。

以下、宇野手記「陸軍潜水輸送艇㋹八号艇の航跡」を中心に、㋹到着遅延の周辺事情をさぐってみると――、

三島から東京まで、なんと十四日間もかかっているのが分かる。味方からの誤認攻撃を避けるため、昼間だけの航海だったことにもよるが、やはりエンジン不調に悩まされたことが大きな原因だった。

出港前、広島で燃料油を補給したのだが、第一線の前線に向かうのではなくて任地に行くということからか、多量のオイルシェールを混入した油が支給されている。このため、例によってシリンダー内部にカーボンが付着し、エンジンが、かくんがくんと、ノックしてしまうのだった。

そこで非常処置として点火プラグをひんぱんに取り替え、エンジンをだまし、だましの航海となっている。

その間、幸いにも空襲はなかったが、神戸、大阪と瀬戸内海を走って和歌山沖まで来たと

ころで、Ｂ29の大編隊を見ている。大阪を爆撃したあと、ここの上空に集まり、編隊を組み直して引き上げていくのである。

「緊迫を加えた戦局とこれからの任務の重大さを痛感させられました。しかし、その重大な任務を果たす肝心の㋴が、なんとも不良箇所が多くて、いらいらのし通しでした」

一月二十六日、最後の寄港地である東京芝浦岸壁（現竹芝桟橋）着。急きょ呼び寄せたエンジンメーカーの技師に見てもらったところ、「エンジンの分解整備に一週間は必要。燃料油の質に問題があるようだ」と言い渡されている。

ここで事件が起きた。

機帆船で実習中の宇野中尉。のちに８号艇の艇長を務める〈宇野寛〉

広島宇品の船舶司令部では、八号艇による「一週間の整備期間と燃料交換が必要」との技師の判断に基づく連絡に驚き、参謀を上京させた。そして、その参謀が、船舶司令部からの命令だとして「直ちに硫黄島に出戦を命ず」なんて言い出したから、オカしなことになっている。

硫黄島に「思いをいたせば」急ぎたいという船舶司令部の気持は分かる。だが、いまの㋴では、とてもじゃないが出かけ

(ゆ)第8号艇断面図

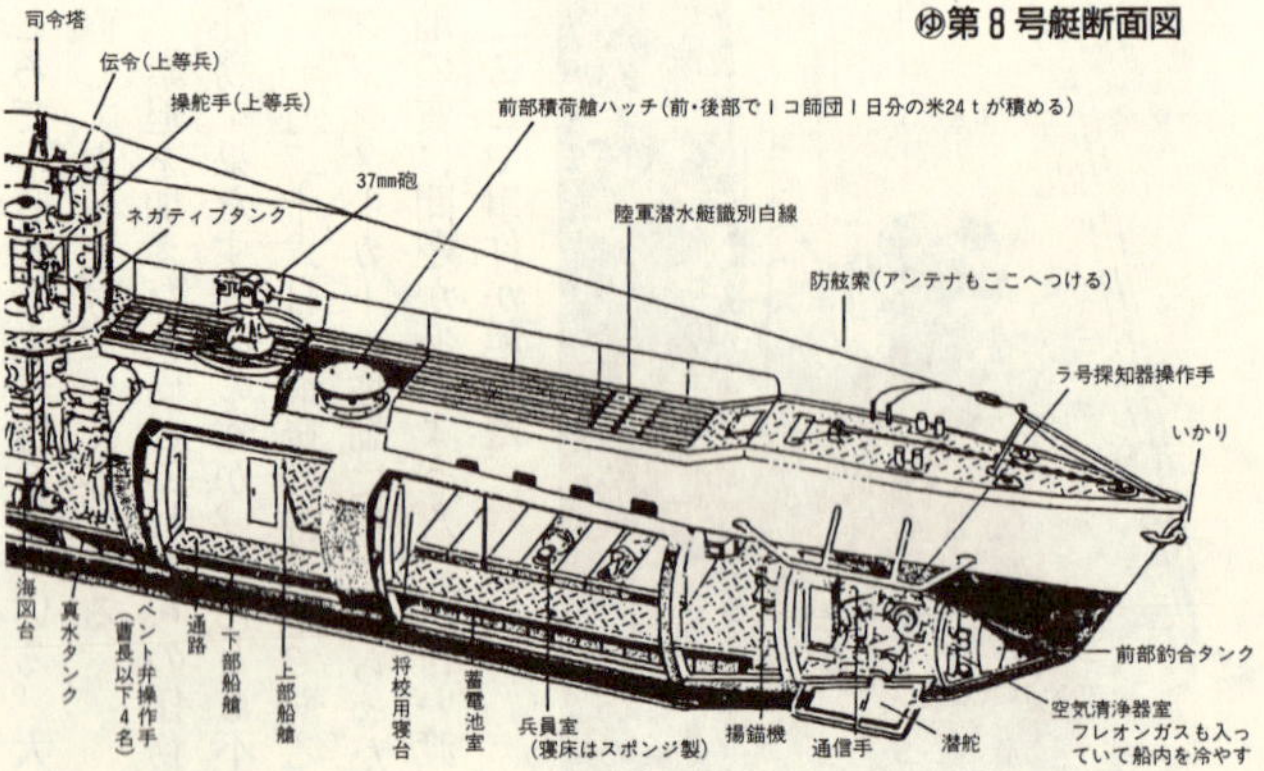

られる状態にはないのだ。

で、艇長・宇野大尉と参謀との間で激戦となった。

「作戦を直接実行する艇長として一週間の整備期間の許可をお願いする」

「ヘッセルマン型エンジンは、いかなる燃料も使用できるものと心得ている」「わずか東京までの回航で使用不能になったとは、調整を怠った操艇の未熟による」

「調整未熟の問題ではなく、広島で搭載したオイルシェールの油質の問題です」

ここで、参謀はいきり立った。軍刀の柄にも手をかけたというから穏やかでない。

「卑怯者、抗命するのか！」

「特攻部隊と心得て、(ゆ)に搭乗する者に命を惜しむ心はさらさらありません」「だが、現状で出戦すれば、エンジンヘッドを突き破る大事故が発生して、太平洋をいたずらに漂流するばかりではありませんか」

ここで、まあまあと、立ち会っていた参謀本部船

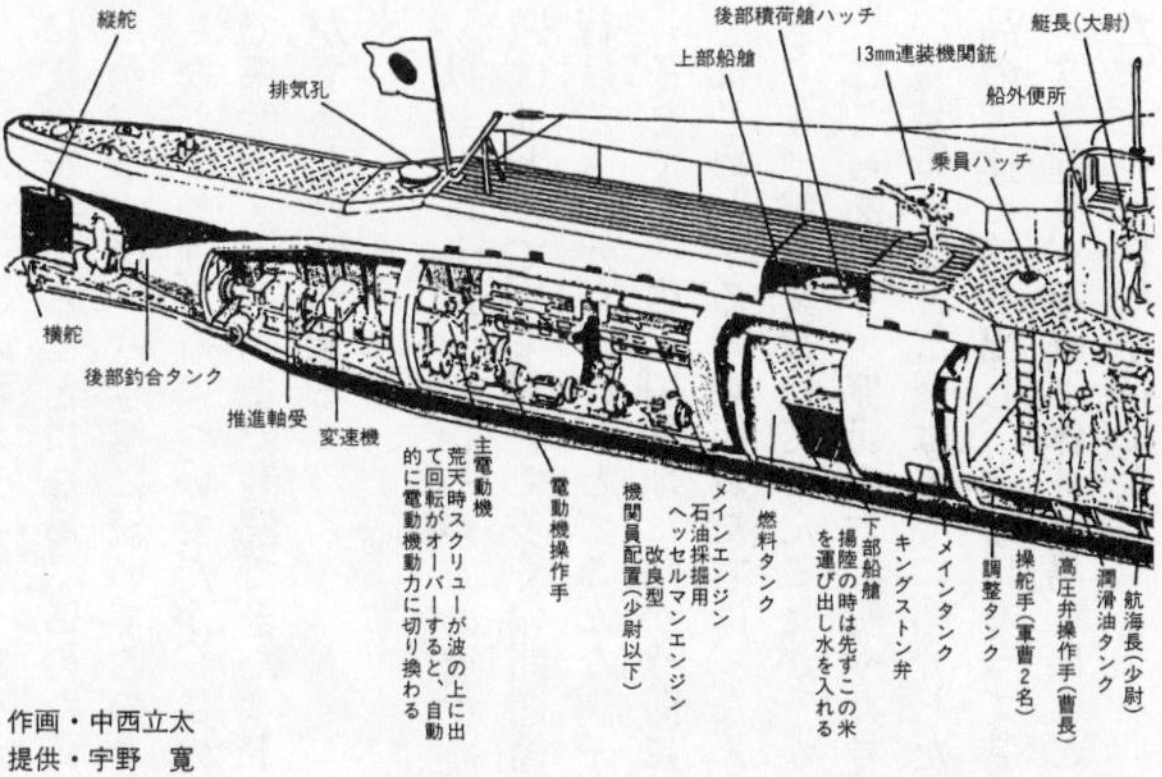

作画・中西立太
提供・宇野　寛

船課の参謀が中に入り、結局は(ゆ)側の主張通り、やっと一週間の整備期間が認められたのだった。

　このとき、宇野大尉は「一トンのネガティブタンク」の新設も同時に要請、認められている。負浮力タンクともいわれるもので、いざというとき、これに満水にすればそれだけ重くなって潜航を早めることができる。海軍の大型巡洋潜水艦くらいになると約二十五トンのネガティブタンクをつけていたといわれる。

「空からの攻撃には急速潜航で逃げるほかないが、それまでの(ゆ)急潜能力一分二十秒では遅過ぎる。四十五秒まで短縮するのが狙いでした」

　じっさい、宇野の八号艇はこのタンクを設置したことで、思惑通り四十五秒の急速潜航に成功した。万歳、万歳――、であった。

　だが、その一連の改修工事中、三日目に硫黄島が玉砕したという知らせを痛恨の思いで聞いたのだった。

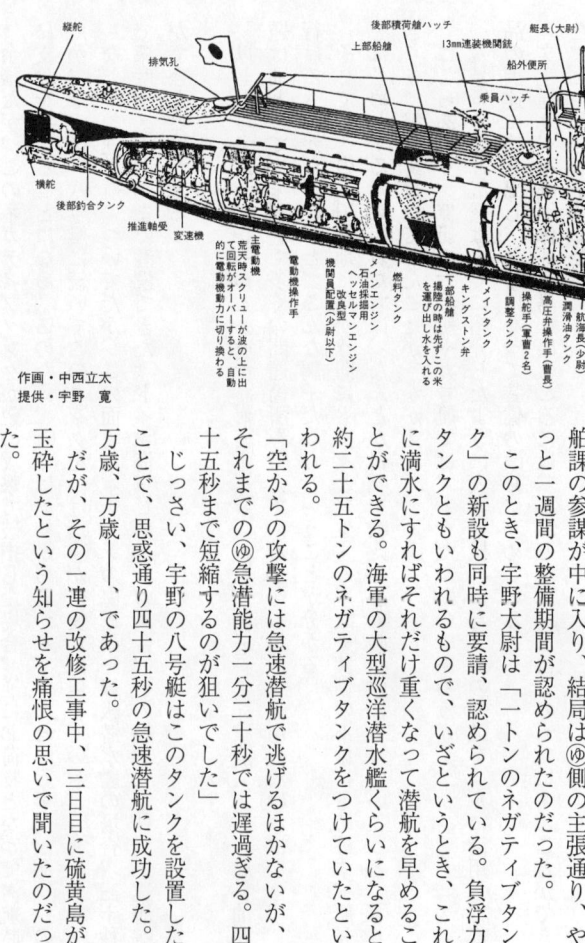

余談だが、このネガティブタンクが敵の攻撃で破損した場合、逆にお荷物となって潜航時に支障を与えることになる。このため、ゆでは当初から省かれていたという事情があったのだが、その後、八号艇に続いてこのタンクをつけたゆが何隻か出現している。

なお、急速潜航についてだが、この面では本チャンの海軍の一線級潜水艦の場合、三十秒で深度十メートルまで潜没できた。ドイツ海軍Uボートの場合、どの艦も三十秒で急速潜航ができたといわれる。

以上からすると、せっかくの東京派遣隊編成だったが、切迫した戦局のなか、(燃料油問題は別として) 未調整で多くの問題箇所を抱えているゆをも急きょ起用しなければならず、行けるものから行け、と、こんな調子だったということが分かる。

そして、その下田基地に向かう間にも次々と発生する事故や装備の不備にもめげず、艇長をはじめとするゆ乗組員たちは、なんとか自艇を戦えるまでの状態にもっていこうと、ぎりぎりまで努力を続けていたことがうかがえる。

ここらあたり、僚艇の六号艇や九号艇では、どうだったのであろうか。

六号艇の高野伍長はすでに紹介したように大学機械科出身。その知識をフルに活用して部品の調達に精を出し、懸命になって装備の改修に務めている。

「文字通り、不眠不休。三島を出るころには、これで『やっと自分のものにすることができた』という自信が持てた」

そのせっかくの六号艇も、いよいよという段階で、例のネガティブタンクを設置することになり、下田到着が大幅に遅れたのだった。

これが、九号艇の宮下少尉の場合となると、なんとも首を傾げさせる出来事に出くわしている。

引き渡しを受ける直前、よく見ると、なんと、船体にあるべきはずの「波切り板」が取りつけられていないのだ。船舶司令部に掛け合いに行ったところ、「資材がない」との申し訳なさそうな返事。工場側も、手持ちがありません、と、困り果てた顔だ。

アワくってあちこち当たっているうち、広島湾に面した小さな造船所に適当な資材があることが分かった。そこで、「陸軍御用達」を正面に押し立て、いささかの無理を通して調達に成功している。

「特攻部隊かなにか知りませんが、おなじ戦うにしても、せめて納得できる艇に乗って戦いたいという思いは、みな、ありましたからねえ」

外洋訓練に出る９号艇の司令塔。中央で双眼鏡を手にしているのが同艇の機関長・宮下少尉〈宮下博弥〉

その宮下だが、第二章の「建造現場の混乱」で紹介した作業隊の梶泰夫少尉がいる東京の下町・月島の安藤鉄工所で、作業隊の支援を得ながら九号艇の改修工事中、三月十日、あの東京大空襲に出くわしている。

新宿で将校仲間と「別れの酒」を飲み交わしていた。

そこへ空襲警報。鳴り止まぬ。下町がやられているということだ。

さあ大変。酔いもいっぺんにさめた。

「どうせ死ぬなら㋷のそばで」

軍服に軍帽、それに軍刀。新宿から月島まで――。爆音、焼夷弾。そして猛炎、猛煙うずまくなか、「ススだらけ」となって走りに走っている。

八号艇撃沈さる

隊員たちの努力の結晶を乗せて、下田基地に集結する㋷東京派遣隊――。

その第一陣として真っ先に到着し、もっとも目覚ましい活躍をみせていた宇野寛大尉艇長の八号艇が、空爆により撃沈されたのは昭和二十年八月十三日のことだった。

終戦二日前の出来事である。十人戦死。一人が全身打撲の重傷を負った。

そのころ、米軍爆撃機、艦載機が連日のように関東地方に来襲。陸上の軍事施設、軍需工場、鉄道網などを破壊する一方、港に在泊する艦船も攻撃の対象としていた。七月ともなると、首都圏への敵機襲来はいっそう激しくなり、下田基地の㋴隊員の間では「ここも危なくなってきたぞ」との声が出るようになっている。

八月十日早朝、八号艇は訓練航海から帰港。下田・鍋田浜に投錨している。丘陵地帯に展開していた海軍高角砲陣地と敵艦載機グラマン数機とが交戦しているのが目撃された。当時、下田には海軍の水中特攻兵器「海龍」の部隊も展開しており、対空陣地が配置されていたのだった。

そこで八号艇でも警戒厳重にしていたところ、たまたま反転しようとした敵機が近づいてきたため、後部甲板の十三ミリ機関銃が発砲を開始している。

8号艇（㋴1001号艇）と隊員。この内3名が戦死。13ミリ機関銃は本艇だけの装備〈潮書房〉

ここで、すこしわき道に入るが、合計四十隻が完成、就役したといわれる㋴は、いずれも戦車砲改造型三十七ミリ砲を持っていた。これが唯一の武装だった。ただ、例外として八号艇だけが十三ミリ機関銃を後部甲板に装備していた。

なぜ、だったのか。

艇長・宇野大尉によれば、その理由は、八丈島輸送作戦の東京派遣隊に編入される前、八号艇に対して「単独でフィリピン・マニラに行け」との秘密作戦下令の内命があったためだった。

「スパイ養成機関として知られる陸軍中野学校出の将校をマニラに送り込みたい。ついては八号艇の防空機能を向上させる必要がある、てな話でした」

そこで、十三ミリ機関銃が特別に装備されたということになるのだが、

「当初はロケット砲をつけるという話でしてね、仰天した記憶があります」

そのうち、戦況はマニラどころではなくなり、しぜん沙汰止みになったというのだが、なぜ、数ある㋸の中で八号艇がそのような役目に選ばれたのか。

いまもって宇野大尉は皆目見当がつかないでいる。

さて、いまは下田基地に停泊中の八号艇の話である。

十二日正午、B29が飛来。高空から八号艇らのいる鍋田浜一帯を偵察していった。二日前の機関銃発砲で㋸の存在を知り、その確認行動とおもわれた。

このため、「次は爆弾を持ってくるぞ」と、当時、下田基地にいた僚艇の九号艇と十二号艇は早々と山向こうに位置する小浦港に避難していっている。

一方、宇野大尉指揮の八号艇もまた西海岸の戸田に移ろうとしたのだが、訓練航海から帰

投した直後とあって、隊員の半分は特別休養で上陸。下田近郷の蓮台寺温泉に宿泊中だった。このため、宇野は非常手段として、残っていた半数の隊員で艇を水深四十メートルの海域まで移動させ、海底に沈座させている。

運命の十三日朝。

午前六時すぎ、「上空ニ敵影ナシ、空襲警報解除」との無線連絡により、艇を元の位置に戻したあと、司令塔だけを海面に出した半潜没状態の姿勢で沈座。上陸中の隊員の帰りを待つことにしている。

以下、宇野大尉の手記によれば、

艇長の宇野は打ち合わせも兼ねて上陸し、宿舎で朝食をとることにした。艇には津嘉山朝繁曹長を当直長とした隊員十一人が残り、朝食は艇内で済ますことになった。

そのとき、午前七時二十分。とつぜん空襲警報が市内全域に鳴り響いている。

「敵艦載機編隊、伊東上空ヲ通過シ南下中」

五味主基子

宿舎を飛び出した宇野が、あっと港方向に目をやったとき、白雲の中から降ってきた敵機グラマン四機が、真一文字、(ゆ)停泊地をめざして急降下していっている。

すさまじい爆発音。冲天にのぼる土砂まじりのドス黒い水柱。

駆けつけた宇野が目にしたものは、沈座姿勢のまま左斜めに傾いた八号艇の司令塔と海中から吹き出すようにして一面に広がりつつある重油の海だった。その重油の下から気泡がぶくぶくと浮かび上がっている。「艇に渡るべく泳ぎはじめたが、上空を乱舞しては付近一帯を銃撃していた敵機が、私を見つけて斉射を浴びせてきた。やむなく岩陰に身をかくし、敵機の去るのを待った」前日から上陸していた隊員たちも血相を変えて駆け戻ってきた。宇野は「エヤー（空気）送れ、エヤーを送れ」。狂気となって叫び続けている。

八号艇の陸軍曹長、五味《ごみ》彦七・機関分隊長の妻、五味主基子《すきこ》（86）＝写真＝は、蓮台寺温泉の旅館に滞在していた。

「いまや国内のどこも安全な場所はない。このさい、家族がある者は呼び寄せよ」

そんな、陸軍としては前代未聞の〝命令〟が出たというハナシだった。

その日の午後、夫の五味曹長は勤務交代で八号艇から旅館に戻ってくる予定になっていた。そこへ「空襲警報」である。旅館従業員の誘導で防空壕に入ることになった。

「しかし、私は港に停泊している潜水艇のことが気になり、壕の中に入るような気持にはなれなかった。港の空に向かって『どうか夫が無事でありますように』と、ひたすら祈った」

「一心に祈り続けた。ふと私の脳裏に、包帯を頭に巻いた夫の姿が、瞬間ではあるが、はっきりと浮かんだ。『あっ、負傷したんだ』」（手記）

――宇野艇長ら八号艇隊員たちは浜に呆然として立ちすくんでいる。救出しようにも手の施しようがなかった。艇は司令塔基部を爆弾に直撃され、艇内に潜り込むことは不可能であった。「ナイフの刃のよう」に千切れた無数の鉄片が救出者の行動を阻んだ。

そのうち、被爆した瞬間を目撃していた隊員の一人が「材木のような」ものが司令塔から吹き飛ばされ、空中に舞うのを見た、と、いい出した。

それが、五味曹長だった。

爆風で岩場まで飛ばされ、松の根にしがみついたまま意識不明で倒れていた。

曹長は同僚の中村義恵曹長と双眼鏡で敵機の飛来方向を監視していた。いよいよ危ないとなって、まず中村曹長が司令塔に飛び込んだ。一瞬、遅れて身を入れようとしたところで「ぐあーんときた」という話だった。中村曹長、艇内にて戦死。

隊員からの急報で、妻の主基子は収容先の湊海軍病院に駆けつけている。夫は、祈りの最中で見た格好と、まさにそのままそっくりの包帯姿であった。

新婚時代の五味彦七曹長夫妻（昭和10年10月８日の撮影）〈五味主基子〉

こうして、さまざまな話題を残して八号艇は爆沈した。

二日後、終戦――。生き残った宇野艇長ら十四人の隊員たちは、わずかに海底から収容できた「片足一本」を焼骨して戦死者「十柱の遺骨」に分け、白木の小箱に収め、胸に抱いて復員への道をたどっていっている。

そんな戦友十四人と涙の別れをした五味曹長は、終戦の混乱の中だったが、病院の人たちに親切にされ、十月末、退院。妻の主基子に付き添われ、故郷・和歌山に帰り着くことができている。

満州、中国戦線で軍務につき、三度目の召集で海に潜ることになった兵隊の長い長い戦いの旅の終わりであった。

ひとつだけ、妙なことがあった。

病院を退院するさい、「戦傷証明書」を交付された。

「かならず役立つときがくるから大切に持っていなさい」

そんな軍医による説明であった。

故郷に帰ったところで役場から証明書の提出を求められている。おかしいナとは思ったのだが、いわれるまま役場に持って行った。「そういう仕組みなのか」とも思っていた。

そのうち、年を重ねるにつれ、爆風でやられた後遺症であろう、曹長の身体全体が「毎晩のようにマッサージが必要な」ほど痛み出している。

そこで、「戦傷者年金」といったものが国の制度としてあるはずだからと、妻の主基子は周囲に勧められ、その証明となる先の戦傷証明書を返還するように求めたのだが、役場の応対はあいまいだった。

思いあまって宇野・元艇長に相談したところ、宇野の奔走によりその「写し」が和歌山県庁に保管されていることが分かった。そのときは、すでに、昭和も五十年になっていた。で、やっと手にした証明書（写し）だったのだが、曹長も主基子も書面を見て「非常なショック」を受けている。なんと、負傷入院の日の「昭和二十年八月十三日」の日付が終戦後の「九月一日」に書き換えられているのだった。

「いつ、だれが、なんのために」

　給付金を出したくない、手続きが面倒くさい、という役人の小ざかしい細工なのか。確かめたくとも、提出後、三十年以上が経過している。結局、正すことはできなかった。

　五味・元曹長は、晩年、それをたいへん気にしていたということだ。平成五年十一月二日、八十三歳で亡くなった。

　いま、下田市にある大浦八幡宮の境内に「鎮魂」と刻した㋴八号艇慰霊碑が建っている。

　終戦五十年の節目を翌年にひかえた平成六年四月、全国㋴戦友会によって建立された。除幕式には戦友会会員のほか、多くの地元の人たちが参列

平成６年に建立された８号艇の「鎮魂の碑」。碑文と共に戦死した10人の名前が刻まれている（下田市大浦八幡宮にて）

した。

地元の人たちの中には八号艇が沈んだ鍋田浜の海底から遺骨の一部を収容、下田市内の泰平寺に安置して供養を続けていた「海女さん」たちの顔もあった。戦後すぐ、八号艇が引き揚げられてスクラップ化されたさい、自発的に潜って捜索したという話だった。

宇野艇長ら元八号艇隊員たちも、毎年、市内の海善寺で供養行事をしていた。そして、地元戦友会の世話で海女さん供養のことを知り、深い感謝の念と共に遺骨を引き取って東京・千鳥ヶ淵の戦没者墓苑に納めることができている。

鍋田浦　友の眠りか　春の海

宇野・元艇長が、先の慰霊碑除幕式で亡き戦友に捧げた句である。

第五章　戦火の海をゆく

月明の潜水艦

話はふたたび戦火たけなわの昭和十九年九月九日深夜——。

朝鮮半島群山沖を航行していた日本郵船の貨物船「伊豆丸」（八八二総トン）は、前方約千五百メートル先の沿岸海域に浮上している潜水艦を発見、顔色を変えている。月明を背景に影絵のように浮かんでいる。双眼鏡を通して司令塔や大砲まではっきり見えるのだ。前の航海では、ここらあたりで僚船がやられた。

船橋の檜山清之進船長は直ちに非常ベルを鳴らしている。

「敵潜見ゆ」「総員配置につけ」

機関長、蔵重敏郎＝写真＝は檜山船長から相談を受けていた。

前方に見える潜水艦のシルエットは船橋に備えつけの軍艦識別帳に見当たらない。日本海軍潜水艦の伊号、呂号、波号、そのほか訓練艦にも該当するものがない。海軍から無線で知

蔵重敏郎

らせてきている潜水艦情報にも、この海域への「出動艦はなし」というのだ。

　そのころ、すでに日本と朝鮮半島との間の輸送ルートも危うくなっていた。米軍機による空襲や米潜水艦による雷撃がしばしば繰り返されていた。このため、船舶は「輸送特攻隊」と称されて決死の輸送に当たっていた。

「毎航毎航、約一、四〇〇トンの積荷を行い、幾回か目標以上に積載して奨励金を受けたことがある」「満載した時、舷側に腰をかけると足が海水につかるほどであった」（『日本郵船戦時船史・下』）

　昼間は空襲を警戒して島陰に潜み、やっと夜になって島伝いに走るという「まるで忍者のような航行」が続いていた。それでも航跡が白く尾を引くから「とんだ忍者だと冷や冷やもの」であった。

　そんなこんなで乗組員たちは気が立っている。

「伊豆丸」の場合も、例外ではなかった。

朝鮮・群山沖で〝敵潜〟に体当たりした日本郵船の改Ｅ型貨物船「伊豆丸」

いま、目の前に影絵のように浮かぶ潜水艦――。

檜山船長も蔵重機関長も「もう逃げられない。やるべし」となっている。

「全員、悲壮な覚悟を決めました」

気の早い連中はスパナやハンマーを取り出している。ぶつかったあと、敵潜水艦に乗り込んで相手乗組員と殴り合うつもりなのだ。

「のるか、そるか」「エンジンがぶっ壊れてもいい、行けぇーっ」

伊豆丸は「火の玉」となって突っ込んでいっている。

陸軍潜航輸送艇三〇〇一号は十九年四月十日、朝鮮半島仁川にあった朝鮮機械製作所で同製作所第一号艇として進水。テストの後、八月二日、陸軍側に引き渡された。仁川湾での約一ヵ月間にわたる習熟訓練を経て、九月八日、仁川を出港。愛媛県三島の㋴部隊基地に回航される途中だった。

出口俊彦

九日夜は群山港近くの島陰で仮泊することになった。仁川を出るさい、「夜間航行は避けよ、潜航もまかりならぬ」といわれていたことがあった。敵潜水艦と誤認されることを避けるためだった。

そんなもんで、イカリをトロし、艦橋に見張り当直を配置。乗組員が半数ずつ交代で休息する半舷仮眠をとっていたところだった。

そこへ、伊豆丸が突っ込んできたから、いや、あわてたのなんの——。

見張り兵の証言は次の通り。

「月を背景に船影を認め、接近するにつれて大量生産された改E型貨物船（八〇〇総トン級）であることを確認。ただ、我が艇に接触しないで通過してくれるよう祈っていた。無事通過。やれやれと思った瞬間、船首を返して反転、突っ込んできた。とっさのこととて大声で『味方だ！　味方だ！』と叫ぶ以外、仕方がなかった」

伊豆丸の檜山船長証言は次の通り。

「敵潜を避けて島と島の間を航行中、後部見張りが月明かりを背にして浮上した敵潜を発見（我が艇の横を通過するときは気づかなかったが、月明かりを背景にして初めて確認したと思われる）。武器を持たない本船は決死の体当たりで撃沈せんものと、一八〇度のUターンをして全速力で突っ込みました。申し訳ありません」（国本康夫「陸軍潜航輸送艇隊出撃す！」）

そのとき、㋹三〇〇一号艇の艇長・陸軍中尉、出口俊彦（78）＝写真＝は艇長室で横になっていた。のち大尉。

衝撃と轟音に飛び起きている。はね飛ばされたといった方が正確かもしれない。非常灯が消え、艇内は真っ暗。司令塔まで手さぐりで行くと、真っ黒な「山のような」固まりが艇の左舷中央部に食い込んでいる。それが、惰性でなおも艇を押し続けているのだ。

「伊豆丸」に体当たりされた㋴3001号艇。朝鮮機械製作所が建造した最初の㋴で、陸軍に引き渡しののち艇長・出口俊彦中尉の指揮で三島に回航される途中のことだった〈出口俊彦〉

とっさに「イカリを伸ばせ」と命令したが、見張り兵だった林一平兵長は、動転のうちにも、すでに錨索を伸ばしていた。

「伸ばしていなかったら、衝撃をもろに引き受け、無理に抵抗するかたちになって艇の損傷はもっとひどかったはず」

林兵長はカニ工船に長い間乗っていたプロの元船乗りだった。

非常灯も復旧した。機関長から「内殻にヒビが入っただけ。浸水の恐れなし」との報告もあがってきた。貨物船の船首でも船員たちがばたばたしているのが月明かりに見える。やっと後進のエンジンがかかったとみえ、後退しはじめた。

やれ一安心といったところで、熊本出身の元気者で知られていた横舵手の左村利一軍曹が腕を振り回しながら船に向かって怒鳴っている。

「こらあ、なんばしょっとかあ」

出口艇長もなにか文句をつけたい激しい衝動に駆られたが、発光信号による「船長、来たれ」で救命艇でやって来た船長のうちしおれた格好を見ているうち、気の毒になってしまっている。

危機一髪を回避した三〇一号艇だったが、衝突のショックで艇速が落ちたまま、修理のため、朝鮮半島南端を回って釜山に向かっていたところで、こんどは味方輸送船団の護衛艦からの砲撃を受けたから、よくよくついていなかった。

すれちがう船団を「安航を祈りつつ眺めて」いるうち、とつぜん「砲声一発」。ドカーンときた。前方に水柱。続いて後方に一発。砲撃の操典を絵に描いたようなものだ。次は真ん中に位置する艇に向け、確実に弾丸が飛んでくる。

「総員、配置」「取り舵いっぱーい」

懸命の左回頭で難を逃がれたのだが、護衛艦はなおも突進してくる。

こちらも全速力で逃げているうち、艇の司令塔わきにつけていた「日の丸」が見えたのか。

発光信号で問いかけてきている。

「ナニ故ニ軍艦旗ヲ掲ゲザルヤ」

「ワレ陸軍潜水艇ナリ」

しばらく相手艦は沈黙していたが、やがて、どう納得したのか、

「安全ナル航海ヲ祈ル」

こちらからも「アリガトウ、武運長久ヲ祈ル」

そんな具合で四十日がかりで辛うじて目的地の愛媛県三島の基地にたどり着いた三〇〇一号艇だったが、やはり衝突時の衝撃で耐圧船体にヒズミが生じていた。このため、教育訓練艇となっているうち、終戦を迎えることになっている。

一方、ぶつかった側の伊豆丸のことだが、群山に入港して船首部損傷箇所の修理を受けた。その間、檜山船長と蔵重機関長の二人は地区憲兵隊分隊に呼ばれて調書を取られたあげく、さんざんにシボられている。

そのあと、さらに門司の海軍武官府に出頭せよ、ときたから、もう「重罪覚悟の上」だった。その出頭の直前、武官府の海軍少将から「ちょっと来い」といってきた。少将閣下まで乗り出してきたんじゃあ、「もうダメだ。助からない」と思っている。

ところが、その少将が「うーん、貴官らの敢闘精神は見上げたものだ」といいはじめたから、緊張し切っていた二人は、ふらーっ、としている。そして、「止むを得ざる処置であると同時に、むしろ勇敢な行為である」なんて褒めるのだった。

おかしな、おかしな「輸送特攻隊」だった。

伊豆丸は、戦争を辛くも生き残り、戦後も「復興物資輸送」で懸命の働きをみせていたが、二十七年十二月末、解体処分のため業者に売船された。

瀬戸内海にて

そのころ――。

昭和二十年にはいると、潜水輸送隊（潜航輸送隊）の㋴をはじめ、高速輸送大隊のイ号高速艇、海上駆逐大隊のカロ艇、㋹と呼ばれた海上挺身戦隊の肉薄攻撃艇（秘匿名・連絡艇）といった陸軍独特の「決戦兵器」が、宇品を中心とした瀬戸内海の海上で猛訓練を続けていた。

海軍もまた、水中特攻の各種小型潜航艇や高速艇「震洋《しんよう》」などの特訓を行なっていた。

もちろん、相互交流といったものはなかったのだが、訓練中、特有のエンジン音を聞いたり、遠くに望見したり、ときには顔を合わせることもあった。

前章で登場した㋴八号艇の場合、広島の江田島近くの小島で一休みしていたとき、海軍の上陸用舟艇の試作艇がやってきている。

そして、この海軍の連中は㋴をしげしげと見渡しながら、あっけらかんというのだ。

「よくこんなフネに乗ってますなあ。棺桶と同じだ」

で、こちらも負けずに
「海軍が上陸用のフネで、おれたち陸軍が潜水艦とは、これ如何に」

と、やったから、双方、大笑いとなっている。

また――、

特殊潜航艇「蛟龍」搭乗員・海軍一等飛行兵曹、松沢富夫（75）＝写真＝は、広島県呉軍港に近い倉橋島大浦崎沖でこの㋹を見ている。のち海軍上等飛行兵曹。

「よくもまあ、あんな小さなフネでねえ。それで輸送作戦をやるっていうのだから、陸軍さんも、こりゃ随分苦労しているなあ、と」

「モグラの陸軍がカッパになって、あんなに頑張っている。よし、おれたちもやらなきゃいかん、と。ほんと、あらためて思いましたなあ」

松沢は第十三期海軍甲種飛行予科練習生（甲飛予科練）の出身。乗るべき飛行機はなく、潜航艇によって敵艦めがけて突っ込む訓練を受けていた。だから、陸軍潜水艇乗りの苦労は十二分に分かる。

こっちは「非理法権天」のノボリを押し立て、ハナから死ぬ気でいるのだが、ここらあたり陸軍の方はどうなっているのだろう。あんな潜水艇では「助かる確率も少ないはずだが……」。そんなことを仲間と話し合っている。

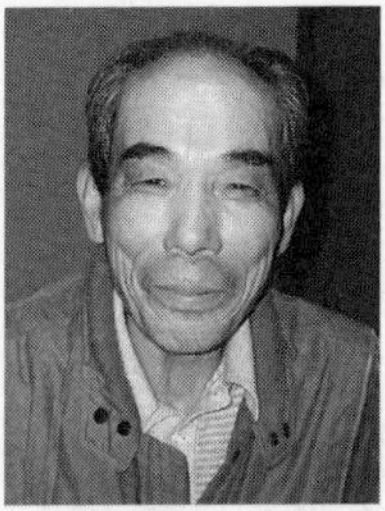
松沢富夫

元三井船舶船長、矢《や》嶋三策《じまさんさく》（81）＝写真＝もまた、「陸軍の潜水艦」を目撃した一人である。

十九年秋、あれは瀬戸内の港であったか、「日の丸を立てた小さな潜水艦」を見た。船橋に居合わせた乗組員一同がおどろいた。潜水艦といったら海軍のはず。なぜ、軍艦旗をひるがえしていないのだろうか、と。そういえば、そのころ、日の丸の陸軍が潜水艦をつくっているという噂がしきりだった。

「だとしても、なぜ、陸軍なのか」

「口の悪い連中になると、百姓が船を操るようなものではないか、なんて言っていましたなあ」

矢嶋は矢嶋で、陸軍が潜水艦づくりに乗り出しているとの噂については、軍当局による「挙国一致の戦争遂行」のかけ声とは裏腹に「日本の国が二つに分かれているような感じ」を受けている。

一般的にいって当時の船乗りは陸軍に対してあまりいい感情を持っていなかった。軍関係の輸送船には陸軍徴用と海軍徴用の船があって、乗組員たちは軍属としてそっくり徴用され、陸・海軍それぞれの指揮下に入っていた。海軍の将官、将校にも「やりくった（どうにもならない）」連中がいないではなかったが、そこは海軍で、徴用船とその乗組員に対してそれなりの理解を示していたのだが、これが陸軍となってくると、まるっきり「山出し」なのだ。

「おい、あそこまで行ってくれ」なんて、何千トンという船を「タクシーみたい」に扱う。航海士は車の運転手扱いだ。海図にスジ一本を引いて「このコース通り走れ、この方が早い」と、暗礁も潮流も敵潜情報も無視した無茶な命令を出す。

かつて欧州航路や太平洋航路を走り、世界を相手にしていた船乗りたちにとって、こうした独善的で高圧的態度の陸軍の出方はまったく愉快ではなかったのだ。

「そんな陸軍が自前の潜水艦をつくって、どうするつもりなのだろう」

——こんな記述もある。

筆者は哨戒艇乗りの元海軍大尉。十九年四月二十九日、東シナ海。

午後六時ごろ、「配置につけ」のベルが鳴り響く。艦橋に駆け上がった。

「右四十五度、浮上潜水艦」

と、見張員の報告である。霧の中を各砲は右砲戦に備えている。

「潜水艦に日の丸が見えまーす」

見張員のよく透る声が聞こえた。

双眼鏡に入った小型潜水艦の艦橋にはっきりと日の丸が書いてあるのが見えてきた。

矢嶋三策

「タレタレ（誰、誰）」と発光信号で問い合わせたが、応答がない。

しばらくすると、潜水艦の艦橋に上がってきた信号兵が手旗で、

「ワレ陸軍潜水輸送艇」

繰り返し送信してきた。手旗の大きさも海軍のより一回り大きい。

「陸軍に潜水艦があるのか」

特殊潜航艇「蛟龍」（甲標的丁型）。魚雷発射管２門、水中速力16ノット、乗員５名の沿海迎撃用小型潜水艦だった〈潮書房〉

と、航海長がつぶやくように言うが、だれも返答しない。砲撃しないでよかったと、艦橋で顔を見合わせたが、後日、この潜水艇艇長の陸軍少尉の訪問を佐伯湾で受けたことがある。小さな潜水艇から軍刀を吊って出て来たが、ジャイロコンパスを持たない小潜水艇で、一号海図（日本全体を一枚の海図に入れてあるもの）だけで、日本の港のどこにでも入って仕舞うという。「こわいもの知らず」とはこのことかと思った。（吉見友嘉「奇跡の哨戒艇一〇二号の奮戦」／中央公論「増刊・歴史と人物―実録太平洋戦争」）

海図やジャイロコンパスを「持たない」といった点で記述に誤認があるようだが、「陸軍の潜水艦」初見参の雰囲気がよく伝わっている。

それにしても艦橋における「陸軍に潜水艦があるのか」という航海長のつぶやきと周囲の反応には、単なる驚きを通り越して、戦争の行く末に対する深い感慨が込められているかのようだ。

文中、手旗の大きさについての記述があるが、陸軍の手旗には長さ十センチほどの柄がついていた。これに対して海軍の手旗は柄の手元まで旗の布地があり、手元の部分がくり抜かれていて、そこに指を入れて使うようになっていた。

このため、布地は同じであっても、柄の部分をにぎって使う陸軍の手旗の方が大きく見えたとされる。

軍刀のハナシも出てくるが、陸軍将校はどこへ行くにも軍刀を手放さなかった。狭い潜水艇の乗艇に当たっても持参している。さだめし邪魔だったにちがいない。

ここらあたりも、やはり「陸軍の潜水艦」であった。

関連して――、

「大竹の（海軍）潜水学校在学中に発見して驚いたことは、陸軍に潜水艦があったことである。当時笑ったのだが、航行中に木やその他で擬装していたことである。空襲を受けたときは、海軍なら当然潜航するか、あるいは沈座するわけであるが、やはり陸式だなと思った」（海軍航海学校関係戦友会「二旒会の仲間たち」）

このうち、秘密厳守に関していえば、次のような出来事もあった。

ずっとあとになってのハナシだが、昭和二十年三月、八丈島輸送作戦に従事していた㋹東京派遣隊七号艇は三宅島周辺の海域で海軍特務艦から砲撃を受けている。

㋹艇の司令塔わきには「日の丸」を描き、前部甲板には艇体を巻くようなかっこうで敵味方識別の「太い白線」がつけてあった。海上からだけでなく、上空からも容易に認識できるようにしたものだった。

以下、㋹部隊長・矢野光二大佐の手記によれば、

「ただ、困ったのは、徹底した防諜網を張ったため、㋹の存在を知らぬ味方の海軍艦艇から、ちょいちょい砲撃されたことである。不幸中の幸いは誤認攻撃による沈没被害がなかったことである」

このときの七号艇は、左舷前方間近に二発見舞われている。手旗信号で誤認攻撃を知らせ

ようとしたが、効き目なく、帽子や日章旗を振っても通じなかった。艇の進路を変えて司令塔わきの日の丸を見せたが、これもダメ。陸海軍共通の暗号書をめくって「ワレ味方ナリ」と信号しても効果なかった。

辛うじて避退したのだが、あとで海軍横須賀鎮守府に厳重抗議したところ、「すこしでも怪しい行動がある艦艇は容赦なく撃沈せよと命じている」。今後とも「わが艦隊の行動海面に出没せぬことですな」と素っ気なくあしらわれてしまった。

「秘密もこう徹底すると、乗り組んでいるほうは、敵味方、ともに警戒を厳にせねばならず、まったく命がけの苦労をしたものである」

戦艦大和との遭遇

ちょっと時間がさかのぼって、ここは、瀬戸内海に面した愛媛県三島の㋻部隊――。

「軍隊は運隊」といわれるが、元陸軍少尉・日本画家、岡田《おかだ》守巨《もりお》（82、本名・盛一）＝写真＝の場合、これはもう、「運命のいたずら」としかいいようがない奇妙な巡り合わせにより、さまざまな危機をくぐり抜けることになっている。

東京美術学校（現東京芸術大学）を繰り上げ卒業後、幹部候補生、前橋陸軍予備士官学校を経て近衛歩兵第五連隊に在隊中、広島・宇品の船舶司令部行きとなっていた。なんでも船舶司令部は幹部候補生出身の将校を「兵科の如何を問わず、二百人集める」方針を打ち出し、あちこちの連隊に声をかけたということだった。

岡田によれば、この二百人は宇品に転属してすぐ、各船舶部隊に配属されている。

歩兵第五連隊から宇品に行ったのは二人だけで、岡田が㋹部隊、もう一人の戦友の方は高速輸送大隊へ配属となった。その戦友が「お前の㋹部隊は極秘部隊で潜水艦らしいぜ」なんていうものだから、岡田は「もう、これで命はねえな」と思っている。

「内心ぎくっときた。陸軍が舟に乗り、おまけに潜るとあっては、命がいくら有っても足りるものじゃない」（岡田・手記）

だが、運命はまことに皮肉であった。高速輸送大隊に行った戦友は気っぷのいい親友だったが、北方作戦の千島沖で戦死している。

「高速輸送大隊の高速艇は飛行機エンジンの時速五十キロ近く、水しぶきをあげ、豪快に突っ走るやつだが、それがかえって敵機の目標になったのである」「私どもの㋹は潜っているため無事帰還できたのであった」

岡田守巨

さて、㋹部隊所属となった岡田少尉によれば、配属された将校は文科系が艇長要員、理科系は機関長要員に振り分けられている。

このうち、艇長要員は大竹の海軍潜水学校に行かされて航海術と潜航技術を学ぶことになったのだが、どうしたことか岡田の期は、前後の㋹部隊入隊将校に比べてずいぶんとシゴかれている。二等兵の初年兵同様の扱いだった。

「階級章を外して、タダの兵隊として海軍の下士官にカシの木の海軍精神注入棒でたたかれるものだから、たまったもんじゃない」「しかし、命がけだから、こん棒で殴られようとも、技術をマスターしたいの一念で頑張り通した」

そうしたなかで、岡田は、いまさらながら自分でも不思議に思うのだが、船の位置を計測する航海機器の六分儀（セクスタント）の扱いがなんとも器用だった。そのせいか、一通りの航海術を学んだところで、すぐ下の後輩である見習士官組の教官役にされている。

「これには、本人がいちばん驚きました」

さっそくの失敗があった。

潜航訓練中、適当なところで「ポカッ」と浮上したまではよかったが、なんと、そこは日本海軍最大基地のひとつである呉軍港のまん真ん中だった。

「どう間違ったか、潮流に激しく流されたのだろうか」

あっという間に監視艇が猛スピードでやってきて、問答無用。たちまち「拉致」されてしまっている。

「見なれない艇がマル秘の軍港に浮かんだのだから海軍の方も驚いたに違いない。いろいろと尋問を受けたが、やっと理解できたのか、最後は握手してくれました」

取り調べに当たったのは伊号潜水艦艦長の海軍中佐だったが、これが「なかなか話の分かる人」だった。その夜、伊号潜水艦の招待を受けている。

「我ら㋴は三百トン足らず。艇長室など狭くて畳一枚位しかないのに、伊号の方はさすが世界最大の潜水艦で飛行機も積んでいる二万トン級の豪華船だ。艦長室はホテル並み。御馳走も本格的な西洋料理と、全く㋴とは雲泥の差であった」（手記）

また、四国高知沖で訓練艇に乗り、すこし得意になって見習士官相手にあれこれ命令を出していたところへ、「敵機来襲」ときた。

四国の山脈を越えて飛行機の編隊が近づいてくる。「友軍機のお迎えかな」と眺めているうち、ガンガンガン、早くも機銃掃射がはじまった。大阪方面を爆撃した大型爆撃機の護衛を終えて母艦に帰る途中の米グラマン機だった。

「慌てたのなんの」。で、これまでやったことがないダイビング、「急速潜航ーっ」を命じている。

そこまでは、ま、格好よかったが、こんどは海中で水平姿勢に戻そうとしても、「潜っていく惰性が強く」艇は海底に向かって突っ込んでいくばかりなのだ。もうダメだと思った瞬間、ずずーんと艇は頭から海底にぶつかって助かった。

「全員が観念して目をつぶっていましたなあ」

このときの敵機グラマンの銃撃による艇体の弾痕は「二百何発」に達していた。

ほうほうの体で三島基地に帰投する途中、こんどは来島《くるしま》海峡にさしかかったところで、前方から「山のような」ものがやって来るのに出会い、胆をつぶしている。

戦艦「大和」、で、あった。

陸兵といえど、この巨大艦のことはかねて聞いていた。

岡田教官は手空き総員に「登舷礼用意」をかけている。艦と艦とがすれ違うさいに交わす海の儀式で、いつかはやってみたいと思っていた。

この場合、「相手に不足ないどころか、お釣りが来るくらいの大物」である。

いよいよ、そのとき――。

岡田は軍刀を引き抜き、甲板整列の艇員に「頭《かしら》ーっ、右」。一世一代の晴れ姿を見せた。が、次の瞬間、あっと思っている。

大和甲板上にも「総勢百人くらい」の水兵たちが全員整列。同じように「頭右」をしているではないか。おまけに最大級の「挨拶」であるラッパ吹奏つきなのだ。

「感激でした。ほんと、あまりの感動に思わず目頭が熱くなってきましてねえ」

岡田によれば、このとき、戦艦大和は「連合艦隊最後の決戦」で、米軍が上陸した沖縄に向かう途中だった。昭和二十年四月六日、菊水一号作戦発動。連合艦隊司令部は大和を中心とした十隻からなる海上特別攻撃隊に対し、沖縄西方海域突入を命じたのだった。

七万トン級の大和に比べ、㋹はせいぜい三百トンちょっとである。

「おもちゃみたいな我々に対し、礼を尽して去って行った」「あの勇姿は今でも忘れることができない」

「そのときほど潜水艦て良いもんだな、と、誇らしい気持ちになったことがない」（手記）

大和にしてみれば、これが故国とも最後と、(ゆ)を通じて惜別の挨拶を送ったのではなかったか。もっとも、通り過ぎたあと、(ゆ)に航跡の大波をおっかぶせ、なおも感動の面持ちで甲板上に突っ立ったままの岡田ら陸兵たちをひっくり返してしまったのだが――。

上の写真は来島海峡付近で岡田少尉の指揮する(ゆ)と登舷礼を交わしつつすれ違った戦艦「大和」、下は海軍潜水艦の登舷礼〈潮書房〉

このときの大和に関してはつぎのような手記もある。

「ある夜半、得体のしれない超大型艦が沖合を呉方面に向かって航行してゆく。灯火管制下とはいえども対岸の宇品は闇夜でもない限りはっきりと分かるのだが、この艦が通過中はちょうど目の前に衝立を立てられたように真っ黒になってしまった。

これを目撃した者の中から『大和だ!』との声が上がった。多分『大和』の出撃ではなかったのか」(「紅の血は燃えて――船舶特幹二期生の記録」)

折から瀬戸内の島々は一面のサクラ吹雪であった。

ここで、せっかくいいところで水を差すようだが、宇品の船舶司令部に時の東条英機首相の親類とか称する陸軍の高官がいた。これが、まあ、「ロクでもない男」で、女性を乗せたモーターボートでやって来ては、その女の前で兵隊たちに威張り散らすのだ。㋻隊員たちからも総スカンをくっていた。

「巡察と称して四、五人の水商売らしき女たちを乗せて、巡視艇を高々と浪しぶきを上げて走り回り、兵隊たちの怨嗟の声を聞いたものでした」（「㋻戦友会回想録」）

その後、岡田少尉は㋻部隊を離れて広島にある船舶司令部転勤の内示を受けた。そこで三島から出張したさい、慣例により、この高官の部屋に挨拶に行っている。ところが、これが、とんだヤブヘビ。「その敬礼のざまはなんだ。貴官、それでも帝国陸軍将校か」と、さんざん罵倒されている。

岡田は戦艦大和に遭遇以来、すっかり「海軍びいき」となってしまい、右ヒジを横にぴんと張って行なう陸軍式敬礼とはちがい、脇を締めて右手をタテにして行なう海軍式敬礼を真似していた。それを、うっかり、このエライさん相手にやっちまったものだから、ややこしいことになったのだった。

自分がどれだけ偉いかを誇示したがってうずうずしている閣下殿である。せっかくの船舶司令部付のはずが、たちまち九州・久留米の歩兵部隊への転属命令に変更されてしまった。

「とうとう、おれも都落ちか」

がっかりしている。

あン野郎くたばっちまえ、と、思ったが、どうしようもない。（やがて岡田は、そんなふうに、いささかデリカシーに欠けた思いに駆られたことで、ちょっぴり悔いることになる）

船舶司令部付となった将校仲間四人と三島から船と汽車で赴任することになった。

午前六時、広島駅着。ここまで一緒だった仲間将校四人は「また戻れるさ、頑張れよ」とかなんとか、口々に岡田を慰めながらも「うれしそう」に下車していっている。華の軍都・広島勤務なのだ。

あとに残るは都落ちの岡田少尉ただ一人。西に向かう下り列車の「やけに身にしむ」汽笛のなかで、ぽつねんと「行く末」を案じている。

その日、昭和二十年八月六日。

わずか二時間後の午前八時十五分。いま、窓外に流れゆく広島の空を切り裂いて、あの「新型爆弾」がさく裂しようとは――。

特攻機搭乗員の救出

江名武彦

戦艦大和も参加した一連の沖縄決戦菊水作戦のさなか、海軍特別攻撃隊第三正気《せいき》隊・海軍少尉、江名武彦（79）＝写真＝は、昭和二十年五月十一日、鹿児島串良《くしら》基地から沖縄めざして飛び立っている。

早稲田大学政経学部出の学徒動員組だった。のち海軍中尉。搭乗機は九七式艦上攻撃機（三人乗り）の古い型のもので、太平洋戦争以前の中国戦線で使用され、その後は練習機になっていたという「ポンコツ」に近い機体だった。

それでも「だまし、だまし」飛んでいたのだが、ついに息切れ。エンジンから煙が出はじめている。そこで抱えていた八百キロ爆弾を海中投下。いったんは身軽になってはみたものの、やはりダメだった。

ここで、江名は決意している。

目の前に小さな島が迫ってきた。

そのとき、島――黒島には、先に不時着して顔面と両手両足に大火傷を負い、島民に救助されていた陸軍特別攻撃隊第二十九振武《しんぶ》隊、柴田信也少尉がいた。

柴田も法政大学出身の学徒兵だった。五日前、鹿児島知覧《ちらん》基地を飛び立ったのだが、一人乗りの搭乗機「隼《はやぶさ》」がエンジン故障で飛行不能になったため、岩だらけの海岸に胴体着陸した。機は炎に包まれ、やっと操縦席から脱出していたのだった。

いま、はるか遠くから次第に高くなってくる爆音に耳をすましていると、なにか「物悲しい音」に聞こえてならなかった。やがて、はっきりしてきた爆音は聞き慣れたものとちがい、「不調な爆音」だった。

柴田は「あの飛行機は不時着するよ」と島民に伝え、小舟を出させている。

——こうして機長江名少尉はじめ、操縦員・梅本満二等飛行兵曹（特乙一期）、電信員・前田長明二等飛行兵曹（予科練甲十三期）の海軍兵と陸軍兵柴田少尉との共同生活がはじまっている。

昭和20年春、沖縄方面への陸海軍特攻機。旧式の海軍九七式１号艦攻（上）と陸軍隼戦闘機〈潮書房〉

黒島は鹿児島・枕崎から南西へ約六十キロ。当時の人口、女性と子どもに老人ばかりの約二百人。医者はおらず、通信手段もなく、空襲が激しくなって月一回の定期船も来航しなくなった「絶海の孤島」だった。

その孤島の上空を、今日も沖縄に向かう陸海軍の特攻機が飛んでいく。

九州の基地を飛び立った特攻機は鹿児島薩摩半島・開聞岳（九百二十四メートル）を見て位置を確認、南下。さらに黒島を基点にコースを定めていた。このため、島の上空にその機影を見ることが多かったのである。

いま見上げる飛行機の操縦席では、顔を見知っている戦友、同期生、あるいはまだ十代の若者たちが、鉢巻きをきりりと締め、まなじりを決して操縦カンをにぎっているにちがいなかった。

それが、どのようなものなのか。

黒島で過ごした江名機の電信員、前田長明二等飛行兵曹は、戦後、次のように記している。

「機の下を這う雲が、行け行け、というように後へ去っていく。見なれた桜島が手にとるがごとく。また急降下で見なれた海岸も、自分の出撃を祈ってくれるようだ。無我の境地にあった自分も、機長よりの『沖縄到着時刻○○時○○分』の知らせに、じっと息が詰まるようだ。しゃぶるキャラメルものどを通らない」

「小生のみが、こうした気持ちを味わうのかしら。なぜ、自分は還ることができないのか。たとえ命令とはいえ、死んで来いとは——。さりとて男子の面目上、愚痴なんてこぼすことができようか。はっきり見えていた桜島も、ぼうーっとかすんで、今はただ、海上を飛ぶ」

（「思い出の記」）

さて、いま、上空に仰ぐ戦友たちの特攻機——。

「たまらない思いの毎日でした」

しかも、島民たちは乏しいコメのすべてを「兵隊さんへ」と提供し、自分たちはカライモ（サツマイモ）を食べているのだ。火傷でうなっている柴田には、大切な馬を殺し、薬になるからと「馬油」を塗ってくれている。

早く島から出て再起を計りたいのだが、船便は全くない。居ても立ってもおられない気持で過ごしているうち、またまた陸軍特攻機が不時着。その搭乗員・中村憲太郎少尉から「沖縄玉砕」を知らされ、江名ら先輩不時着組はガク然としている。

余談になるが、こうした相次ぐ特攻機の不時着事故については、次のような記述があるところだ。

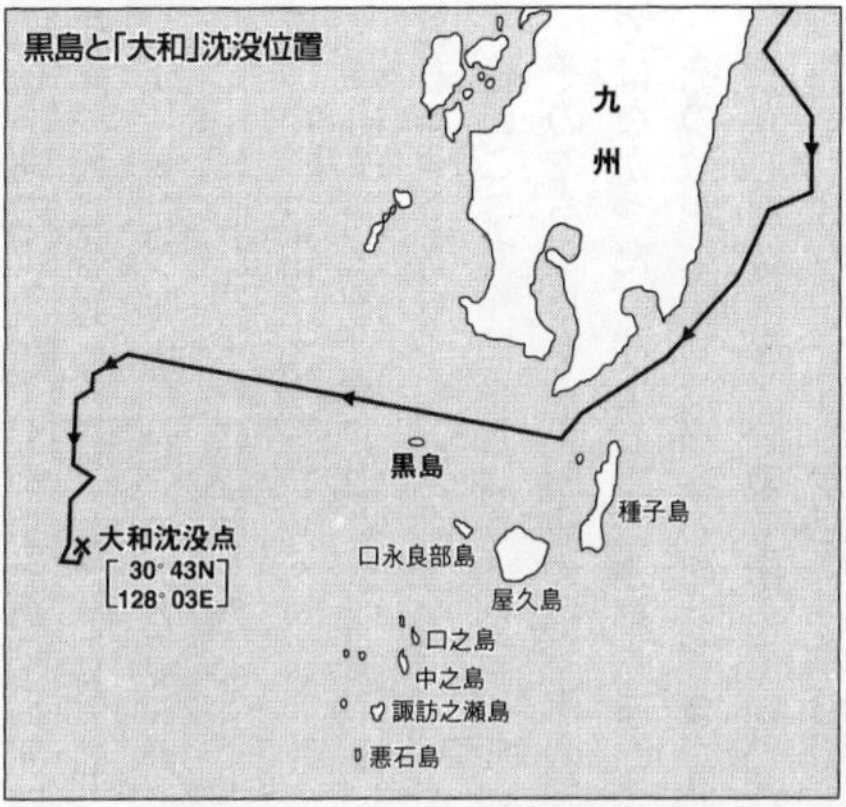

「実戦不適のオンボロ機までかき集め、爆装しては送り出す。当時の高性能機、海軍なら彗星艦爆、陸軍なら四式戦ならばまだいい。ゲタばきの水偵・観測機・機上作業練習機『白菊』、はては羽布ばりの中間練習機、陸軍はノモンハン戦期の遺物の九七戦まで飛べそうなものは片端から投入された」

「沖縄だけで、各種ゲタばき水偵七五機、白菊一〇七機、中練一一七機が投入された。九七戦は当時は練習戦闘機で、出力も低く、故障が多かった」（小沢郁郎『特攻隊論』）

島で暮らすようになって二ヵ月以上たった七月十

七日早朝のことだったか。海岸に出ていた江名は、ふと、海上に目をやって顔色を変えている。

「江名少尉が血相をかえて飛んできた。『潜水艦が浮上した』と叫んでいる。村人たちに直ちに山に隠れるように指示したあと、四畳半の部屋で私と江名少尉は顔を見合わせて黙って座った」(柴田・手記)

柴田は「江名少尉、山に逃げて下さい。私は(火傷で)どうせ動けない体だから、ここにおります」といっている。江名は「いや、どうせ山に入っても死ぬときは死ぬのですから、一緒にここで死にましょう」といっている。

そのころ、日本本土周辺の空、海の制空権、制海権とも米軍の手中にあるといっても過言ではなかった。浮上した潜水艦もまた米海軍のものである公算が高かった。

その敵が上陸して来るのには、まだ時間があるようだった。

そうした状況を双眼鏡で伝えていた江名が、またまた素っとん狂な声を上げている。

「あっ、日の丸、日の丸だ。日本の船だ」

信じられぬ思いの柴田もまた、江名から手渡された双眼鏡でたしかめ、もういちど確かめて初めて納得している。

長崎・口之津《くちのつ》を基地としていた㋒口之津派遣隊、松岡茂陸軍中尉が指揮する㋒十号艇だった。司令塔わきにくっきりと「日の丸」を描いていた。

手記）

「山中に隠れた村人に知らせ、小舟で迎えにやると艦長が挨拶に来たので、よく見ると全員が陸軍の軍人であった。艦もまた陸軍のものであった」「弾薬と食糧を輸送中で、その帰りに島々に不時着した操縦士を収容するよう命令を受けてきたということであった」（柴田・手記）

松岡中尉によれば、南西諸島への物資補給の任務で南下していたのだが、途中、大型の暴風雨に遭遇して「艇員全員が体力消耗」してしまい、しばしの休養と若干の故障箇所修理のため、黒島に寄港したという話だった。

やがて十号艇は当初目的である輸送任務を果たすべく出港していったのだが、あらかじめ約束していた二週間後、七月三十日。ふたたび黒島沖に浮かんで、江名ら五人の陸海搭乗員を無事収容している。

十号艇隊員の陸軍兵長、山田敏一（79）＝写真＝によれば、

山田敏一

「火傷の将校は空になった船倉に収容し、衛生兵が手当てをしていましたが、艇にはロクな薬もなかったのでかわいそうでした」

「ほかのパイロットたちも、はじめは陸軍にも潜水艦があったのかと興味を持った表情でしたが、なにせ狭い艇内。それが、ごろんごろんと大揺れするものですから、船酔いがひどく。たいへんな様子でした」

ここらあたり、江名少尉も、助けてもらってブツブツいうの

もなんだけど、「七転八倒の苦しみだった」と述懐する。

「飛行機の操縦席も狭かったが、それどころでなかった。天井は低く通路は狭く。すれ違うのもたいへんだった。よくこんな小さなフネで任務が果たせるな、と」「それでも陸軍兵は親切だった。気を遣ってくれた。缶詰の赤飯を出してくれたり、ありがたいことに余分の作業服を出して着替えもさせてくれた」

艇内には空気清浄器や酸素ボンベの装備もあったが、ときに島陰で浮上して空気を取り入れることがあった。そのさい、江名少尉にいわせれば、甲板上の㋴隊員たちが「異常に思うくらい」神経質に上空を警戒するのが際立った。

海上航行の艦船にとって、いかに空からの飛行機が脅威の存在であるか。自身が飛行機乗りである江名にとって、それは新鮮な発見でもあった。

なお、江名の記憶によれば、島を離れるさい、十号艇は島に遺体となって漂着した海軍兵の遺骨二十体分を持ち帰っている。島民の話では「沈没した戦艦大和の乗組員たち」ということだった。大和沈没海域からは黒島へと大きな黒潮の流れがみられるのである。

八月一日、口之津着。

柴田少尉はただちに陸軍病院に収容された。江名少尉ら三人の海軍飛行兵たちは㋴部隊に厚く礼を述べ、中村少尉とも別れ、地元海軍航空隊司令部の指示により、元の部隊である茨城県百里原航空隊へ戻ることにしている。

なお三人とも出撃後、基地では「無線連絡ナク不明」と記録され、特攻死として扱われていた。実家にも軍からの戦死公報が届き、二階級特進していた。

八月七日朝、国鉄山陽線広島駅の四つばかり手前の五日市駅まで来たところで、「広島大被災」ということから汽車はストップ。止むなく江名たちは広島駅二つ先の海田市駅まで徒歩で向かったのだが、その途中、広島市内を歩いて通っている。

(ゆ)写真を背景にテレビ局のスタジオで(ゆ)隊員と再会した元特攻隊員(後列)。左から江名武彦、柴田信也、前田長明〈江名武彦〉

前日、新型爆弾が落ちたという市内全域は「まさに地獄絵画」であった。

中天にはまだ「不気味なキノコ雲」の名残りがあった。被爆直後とあってほんんど救援活動に手がついていなかった。あたり一面にどんよりと漂う「すえたような匂い」のホコリだらけの空気が肺の奥底まで入るのは防ぎようもなかった。

「移動中の一軍人としては、ただただ、ひたすら合掌して通り抜けるだけでした」

戦後――。

元海軍十四期飛行予備学生・江名と元陸軍特別操縦見習士官一期生・柴田の二人は、たびたび連れ立って黒島を訪れ、島の人たちとの交流を続けた。

また、四十五年九月十九日夜には東京12チャンネルのテレビ番組「ああ戦友、ああ軍歌」（木島則夫司会）で、黒島で救出された陸海軍搭乗員三人（柴田、江名、前田）はⓎ十号艇隊員と「二十五年ぶり」の対面をした。

いまなお、江名は、「被爆者健康手帳」を所持したままである。

第六章　マニラ派遣隊の最後

マニラ航海五十三次

これまであえて触れてこなかったフィリピン・マニラ派遣隊について述べる時がきた。

マニラ派遣は㋹部隊が歩んだ短い歴史の中でも初期に行なわれた作戦だったが、㋹艇全滅の後も残余の隊員たちは終戦までフィリピンの地で戦い続けており、㋹とそれにかかわった将兵の悲劇性が凝縮して露呈されたものとなっている。

総まとめの意味でも、あらためて振り返ってみたい。

愛媛県三島の㋹部隊に対してフィリピン・マニラ派遣隊編成の打診があったのは、昭和十九年三月初めのことだった。派遣時期は「五月末」とされた。

その五月には日立製作所笠戸工場で建造中の下松《くだまつ》艇二隻が引き渡される予定になっていた。

この二艇と、前年十二月に試作艇として受け取っていた艇を一号艇とし、以上の「三艇で派遣隊を編成すべし」ということだった。しかし、当然のことながら、新艇には整備・改修の箇所があるだろうし、隊員の慣熟航行のための時間も必要である。

このため、部隊長矢野光二中佐は船舶司令部に対して「出発期日の延期（秋ごろ）」を意見具申したものの、受け入れられなかった。

すでにニューギニア方面の戦線は崩壊していた。中部太平洋方面ではクェゼリン、ルオットが玉砕し、海軍最大の根拠地トラックも大空襲を受けて壊滅した。サイパン、グアムのマリアナ諸島にも米軍上陸部隊が近づきつつあった。

このような緊迫した情勢から、大本営は南方資源地域と日本本土との中間に位置するフィリピンの防衛に最重点を置くことにした（捷一号作戦）。とくに「地上における決戦の地域をルソン島地区に予定し、陸上・航空兵力を集結」させることにしている。

㋴部隊に対するマニラ派遣隊編成命令は、そうした作戦遂行の一環であった。「陸軍期待の㋴部隊——。なにがなんでも決戦場に駆けつけ、その存在を示すことが求められたのだった。

五月二十八日、青木憲治少佐を隊長とする派遣隊が三島から出港していっている。

青木少佐は㋴部隊のナンバーツー。戦車部隊の出身で、㋴部隊発足当初から参画していた幹部将校だった。使用艇は一号艇から三号艇までの㋴三隻、それに支援母船「第二高周丸」（八六六総トン、日本高周波重工所属）。人員は後方で支援に当たる基地要員の㋴隊員はじめ、修理に当たる材料廠要員ら総勢三百二人であった。

三島出港後、広島・宇品に立ち寄り、三十日夕、船舶司令部員、全女子職員が合唱する「ああ勇壮の船舶隊」「ああ壮烈の船舶隊」の船舶隊の歌に送られ、「総員帽振れ」で別離の挨拶を交わしながら、いよいよ戦火の海に向かっている。

「帝国陸軍はじまって以来、初の潜水艦出陣でした」

陸軍主計見習士官、井上博夫(82)=写真=は、その一員だった。

この出陣の模様については諸説あるところだ。「出陣式みたいなものは全くなかった」という元隊員もいる。上記の「帽振れ云々」は井上説によるものだ。

この井上説には、侍従武官や船舶司令官が見送りにきていたこと、司令部の女子職員たちが「当時日本一のバスの歌手」の気象部員・牧嗣人陸軍中尉の指揮により船舶隊の歌を合唱していたなど具体的内容に富んでいることから、こちらの方を採用した。

井上博夫

井上は慶応大学法学部を繰り上げ卒業後、入社が決まっていた大連汽船会社には「たった一日だけの出社」で近衛輜重兵連隊に入隊。幹部候補生から陸軍経理学校を出たところで、「お前は船会社にいたから」と宇品の船舶司令部に配属となっている。

さて、井上の主計という肩書きだが、仕事は部隊の裏方的存在だった。庶務、経理全般から被服、食糧、宿舎の面倒までみなければならない。

こんなことがあった。

十九年一月、船舶司令部衣糧課に勤務していたころ、ゆ部隊「潜水艇乗組員給与規定」づくりを命ぜられている。それまで陸軍とはまるで縁のなかった海の世界。空の航空機搭乗員給与規定はあっても、海を潜る兵員のための規定はなかったのだった。

そこで、さっそく「ゆとはなんであるか」を知るべく、近くにある日本製鋼所広島工場で建造中のゆを見学に行ったのだが、見当がつくものではない。

あれこれ思案のあげく、海軍の潜水艦乗組員規定はどうなっているのだろうか。思い余って、ほんとうはやりたくなかったのだが、叔父に当たる江田島の海軍兵学校校長、井上成美中将（のち大将、海軍次官）に手紙を書いている。

これは軍の組織のあり方からいって、やはり乱暴だった。

果たして、お前は軍の制度を知らなすぎるとの「たいへんなお叱り」の返事がきた。それはそうであろう。全く別の組織である陸軍の、それも見習士官クラスあたりから「海軍の内規を教えてくれ」と、前触れもなく公用を切り出されたら誰だって怒る。

でも、そこは「叔父さんはやっぱり叔父さん」で、海軍潜水学校の担当者である中佐を紹介してくれて助かった。で、なんとか、草案をつくって提出したところ、それが陸軍省次官通達で正規の「給与規定」となって公布されている。

まずは、めでたしメデタシだったのだが、その一ヵ月後、ゆ部隊転属を命ぜられているから、なんのこっちゃ。自分でつくった給与規定に自分が縛られることになっている。

「自業自得。もちょっとイロをつけておけばよかったと後悔したが、あとの祭り」

——航海の途中で寄った台湾・高雄で「少尉任官」との司令部電報を受け、「一人前の将校」になっている。それはそれでありがたかったが、台湾に来るまでもたいへんな航海だったから、「この先どうなるのだろう」と、こちらの方が心配だった。

もっぱら浮上しての航行だった。井上の記憶によれば、(ゆ)は「よく走っても」水上速力七ノット（時速約十三キロ）、水中三ノット（約五・六キロ）程度だったから、どうしても水上航行に頼ることになる。

危険だが仕方がない。急ぎの旅なのだ。

別府港、山川港、鹿児島港、口之島沖、名瀬港、沖永良部島のコースをたどった。主計の井上は支援要員として母船の第二高周丸にいたのだが、港から港への短距離のコースでは(ゆ)に乗った。たちまち船酔いに苦しんでいる。

「ごろんごろんと丸太を転がすよう」

井上成美中将

艇長、機関長、航海長の三将校にはベッドがあったが、隊員たちは床の上に毛布で寝ていた。食事は乾パンの携行食糧、あるいはセロハンに包んだ米を電熱器でゆでた。波静かなときには、ニギリめしを母船から渡したこともあった。水は艇内タンクに備えていた。

事件もあった。

日本・フィリピン関係図

たまたま井上が二号艇に便乗、艇内で就寝していたときだった。

とつぜんドカーンと大音響、衝撃があった。「てっきり敵にやられた」と思ったが、なんと、座礁したとのこと。ばたばたしていると、丸木舟に乗った日本人の巡査がやってきている。「日の丸を掲げたヘンな船が来たので驚いた」という。「ここはどこだ」と聞いたら、沖縄本島読谷村の残波岬ということだった。

三島を出てほぼ二週間。まだ「こんなところでうろうろ」としているのか、と、腹が立つ。なにせ、「山カン」航海。これも井上の記憶だが、二十五万分の一のチャートしか備えてなかった。中学生の地理教科書にケが生えた程度の地図でよくも走ったものだ。

と、まあ、大苦労の末、やっとたどり着いた台湾・高雄。ここで、二号艇、三号艇が修理のため、一週間のドック入りしている。一号艇とて、あちこち故障続出だった。

「いまだからいえることだが、行き当たりばったりの計画。ただ、行け行け、と。しゃにむに出撃させられた面がありましたからなあ」

その台湾を出たところで、本書冒頭の「はじめに」で記した米潜水艦の無線傍受のハナシ

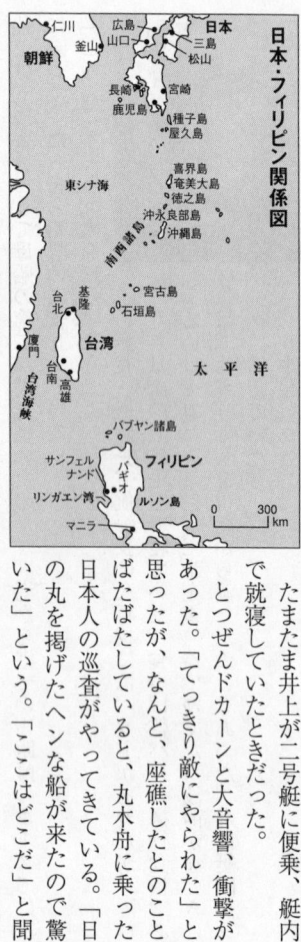

になってくる。

「船籍不明ノ潜水艦発見」「船尾ニ日ノ丸、シカモ浮上航行中」「日本海軍ニ非ズ」

おそらく米潜としては、白昼堂々と浮上航行する㋴を発見して「理解に苦しんだ」にちがいなかった。隠密性を特性とする潜水艦の行動としては「非常識もいいところ」だったからだ。

マニラに到着した２号艇上の派遣隊将校たち。司令塔上の左から２人目は隊長の青木憲治少佐、下左端が井上主計少尉〈井上博夫〉

そのころ、連合軍の日本国内向け短波放送がサンフランシスコ、メルボルン、ニューデリー、重慶から流されていたのだが、そのうちのニューデリー局が「日本軍潜水艦三隻が南下中」と放送していたというハナシもある。

「㋴三隻をオトリと思って米潜は攻撃して来

なかったのでは……」

　そんなこんなで、マニラ港に滑り込んだのが七月十八日。計画より二十三日の遅れで、三島を出てから五十一日目のことだった。ともかくも、なんとか到着したのだ。東海道道中ではないが、派遣隊の全員が（日数にオマケをつけて）「マニラ五十三次」といって喜び合っている。

川島　裕

　もっとも、このとき、これも前述したように日本海軍軍艦から誰何《すいか》されたあげく、「潜航可能ナリヤ」と聞かれ、すっかりクサってしまったのだが——。

　なお、ゆの浮上航行に関しては次のような話がある。

　十九年十二月三十日夜、ルソン島サンフェルナンドからマニラに向かっていた海軍第一〇八号輸送艦の艦橋で、後部見張員の緊張した声が上がった。

「浮上潜水艦ーっ。左一七〇度、右に進む」

　月明かりのなか浮上潜水艦が一隻、黒光りした船体を見せていた。

川島大尉が航海長を務めた第108号輸送艦と同型の二等輸送艦(第151号)。海軍が開発した戦車揚陸艦である〈潮書房〉

先任将校・海軍大尉、川島裕（79）＝写真＝は、「配置につけ」をかけている。

「全艦にわかにピンと緊張した。高角砲は水上弾を装てんし、すべての対空機銃は仰角を○度として一発必中の照準を開始し、爆雷はすべて安全装置を脱して投下準備を完了した」「本艦すべての銃砲は、この潜水艦に狙いがつけられた」（川島・手記）

ところが、どうもおかしい。浮上しているのに戦闘態勢をとっている様子もなく、そのまま走り過ぎていく。あれーっ、と、いっているうち、続いてまた一隻が現われた。

先ほどから狙いをつけっ放しの砲側兵員から「撃ち方始め」を催促してくる。双眼鏡を手にした艦長は「待て待て」といいながら、首を傾げている。川島もまた、おかしい、どうもおかしいぞ、と撃ち気にはやる部下たちを制している。

「息詰まるような数十分間であった。二隻の潜水艦は、こちらの存在を無視したように、敵対行動をとるでもなく、そのまま遠去かっていき、とうとう岬の向こうに姿を消した」（「ああ強運の第一〇八輸送艦」）

マニラに戻った川島らは、昨夜出会った二隻は「陸軍の潜水艦だった」と聞き、陸さんにも潜水艦があったのか、と、思うと共に、海のプロから見てその前途の多難さに思いを馳せている。

「それにしても、陸さんにあんな間抜けな行動をとられては、われわれは迷惑至極である。本艦はすんでのところで味方潜水艦を撃沈するところであった」（同）

大航海の果てに

マニラ派遣隊三号艇艇長の陸軍中尉、林昇（80）＝写真＝は、艦橋にあって、「どうにでもしやがれ」と海に向かって叫んでいる。のち大尉。

いま、目の前に大きな壁のようにのしかかってくる波はどうか。波頭に無数の白いカンザシを振り立て、灰色の髪を逆立てて迫ってくる。艇はその波にのまれ、もみくちゃになり、ローリング、ピッチングを繰り返す。

胃袋がつり上げられ、押し下げられ、そのたびに艇は大きく身震いしながら、海中に落ち込み、また波頭を駆けあがっていくのだった。

なにもかも、すべてを吐いた。苦い胆汁まじりの胃液も吐いた。

「血へどを吐くとは、このことか、と」

沖縄那覇を出て間もなくのことだった。猛烈な低気圧の襲来だった。

このときの艇の傾斜は「左右三十五度」に達した。隊員たちは左に右にほとんど横倒しになったような感があったにちがいない。艇内はひっちゃかめっちゃかであった。船乗りの言葉に「一荒れ一千両」というのがあるのだ。

エンジンの調子もおかしい。動揺と振動でパッキングがゆるんできたのか。

林は指導教官だった海軍潜水学校呉分校の海軍大佐の言葉を思い出している。

下松《くだまつ》艇の試作艇（派遣隊一号艇）で潜航したときだった。「ハッチと舵の軸受け」のところから、じゃーっと子どものオシッコくらいの量で連続した漏水があるのだ。みるみる船底にたまっていく。

「これでは外洋航行はだめだな」「二度と乗りたくないねぇ」

林中尉はこれまで登場した出口俊彦中尉、宇野寛中尉らと同じく陸軍士官学校五十五期生の出身だった。満州チチハルにあった宇都宮編成の野砲兵第二十連隊、さらに北部満州成高子の機動砲兵第一連隊を経て、千葉県津田沼の陸軍騎兵学校で主としてトラック車両の運転や整備の教育を受けていた。

その経歴をみるとき、大砲を馬で引っ張っていた時代から車両牽引時代へと、だんだん陸軍砲兵隊が近代化していく過程を身をもって経験したということになる。だから、(ゆ)部隊行きを命ぜられたときは大いに混乱している。いくら考えても、陸軍近代化に関する思考の先に「潜水艦」なるものの構想は浮かんでこないからだった。

林　昇

だが、いま、マニラ派遣隊――。前線の友軍が、食糧もなく、弾薬もなく、苦しい戦いを強いられていると聞けば、海軍といった他人任せでなく、己の成し得ることのすべてを尽くさねばならぬ。

「海軍さんがどう言おうと、なんと言おうとやるべし。こんどのマニラ行きも、そんな決意でいました」

とはいっても、派遣隊全体を通じて、まだまだ運航技術の未熟さは覆い隠せないものがあった。艇自体の構造にも問題があったし、その整備技術の未熟さもあった。一号艇を先頭に単縦陣で走ることになっていたのだが、順序はばらばらになってしまっている。エンジンや発電機のあちこちで異常が見つかり、自艇の保持で精いっぱいなのである。林中尉の三号艇でも、まだ本格的に外洋に出ていない鹿児島海域で早くも「エンジンの排気弁漏れ」事故が起きている。

奄美大島沖では二号艇が逆に三号艇を追尾するかたちになってしまい、あれよあれよという間に三号艇の後部に衝突してしまった。このあと、その二号艇は前項で述べたような座礁事故も起こしているし、さらに一号艇もエンジン不良となっているから、派遣隊全隻が早くも「気息えんえん」といった状態で寄港地の那覇にたどり着くというありさまだった。

この那覇港で大修理を終え、やっと出港したところで、こんどは冒頭の暴風雨に出会ったことになる。まったく「どうにでもしやがれ」であった。

このあと、辛うじて台湾・高雄の港に滑り込んだ日が、計画ではマニラに到着しているはずの日だった。まだ航程の半分なのに、そんな具合なのである。

「前途多難というべきか」「それでも、なんとしても一日でも早くマニラに着きたい。友軍を助けねばとの思いは、いつも頭の中にありました」

「潜航したらここまで苦しまなかったかもしれませんが、バッテリー（蓄電池）に問題がありました。すぐバッテリーがあがってしまい、長時間潜航は困難でした」

長期間にわたって訓練された海軍とはちがい、とくに夜間、㋴の三艇が艦隊行動をとることには到底無理があったのだった。

陸軍兵長、高市正行（76）＝写真＝は㋴マニラ派遣隊の支援母船第二高周丸に乗っていた。マニラに着けば陸上から㋴艇の運航をサポートする支援隊要員の一人だった。

前項で記した連合軍ニューデリー短波による「日本潜水艦南下中」との放送の件は聞いていた。「オトリと思って攻撃を控えたのでは……」というハナシは、この高市兵長が仲間と語り合った内証話である。

それにしても、と高市は思う。

敵潜水艦に追尾されているらしいというのなら、なぜ、相手の目をくらますような避退行動に出ないのだろう。攻撃を受けた場合に備えてもっと沿岸を走るとか、㋴を潜航させるとか、いくつかの方法はあるではないか。

高市正行

海軍には「昼間潜航行、夜間水上航行」という言葉があると聞いている。なのに、先行する㋴の三艇とも、一向にそういう素振りをみせないのだ。率直にいって、エライさんたちはなにを考えているのだろうか。

元船乗りだった。

だから、母船のデッキから前方をゆく㋴三隻を見ながら、そんなことにいち早く気づくし、そういうふうに思ってしまうのである。

軍隊に入る前、甲板員として貨物船に乗っていた。敵潜の恐怖をさんざん聞かされていた。日本軍は双眼鏡を頼りに肉眼で見張りをするのだが、敵は電波を使ったレーダーで監視しているとも聞いていた。

そんな手強い敵と対抗するには、もっと細心の警戒心ともっと綿密な作戦計画が肝要ではないのか。

いま高市が乗っている母船の第二高周丸にしても、日本高周波重工系列の朝鮮高周波重工の貨物船を徴用したものだった。運航にあたる乗組員の全員は元からこの船に乗っていた民間人。しかも船長、機関長、通信長の三役だけが日本人で、あとはいわゆる朝鮮人船員といった構成なのである。

こういってはなんだが、あれだけやかましくいっている機密保持の面もどうなっているのだろう。

そんなこんなの気がかりなことが、あまりにも多いのである。

「これでは前途多難もいいところだな。いやでも、そう思いましたなあ」

前途多難といえば、派遣隊が台湾・高雄港に入ったちょうどその日、七月五日、支援母船第二高周丸の姉妹船である「第一高周丸」（二七八総トン）がセレベス島近くのバンダ海で米軍機の空爆により沈没している。

また同月十二日には、かつて高市兵長が甲板員として乗り組んでいた南洋海運所属「日蘭

マニラ派遣隊本部隊員の出発前の記念写真。昭和19年５月、三島の潜水輸送教育隊本部前にて。椅子にすわっている人物の左から２人目は派遣隊隊長・青木憲治少佐、４人目が潜水輸送教育隊隊長・矢野光二中佐。３列目の左端が高市兵長〈高市正行〉

丸」（六、五〇三総トン）が、マニラ向け航行中、(ゆ)派遣隊が走っていたほぼ同時期、同海域のフィリピン・ルソン島沖で米潜水艦の魚雷攻撃により沈没している。陸軍兵千二百四十五人と船員十五人戦死という大惨事であった。

以上のことを当時の高市は知らない。ただ、元船乗りの勘として「前途多難」を思ったのだが、たしかに派遣隊がたどっていたコースは、そんなふうに危険に満ちあふれた航路だったのである。

「敵艦の見逃がしに感謝する」

と、支援母船第二高周丸に乗っていた井上博夫主計少尉は、その手記の中で、すこしおどけた調子で航海の結末を書いているのだが、米潜水艦の方は日蘭丸ら輸送船七隻と駆潜艇一隻から成る船団の襲撃に忙しかったかもしれない。もし、そうだとすれば、奇しくも高市兵長はかつての母船の犠牲により命を拾ったということになる。

とにかくも「(天佑神助のおかげ)ラッキーだった」というのが、乗り合わせていた派遣隊隊員たちの偽らざる心境だったのではあるまいか。

さて、高市兵長——。

奈良編成の歩兵第三十八連隊から独立歩兵第六十三大隊に転属。中国南京で下士官教育を受けていたとき、「船舶兵と航空整備兵を募集している」という話があった。

ここでも、やはり、航空整備兵教育は日本内地で行なわれるが、船舶兵教育は北支(北部中国)行きという噂だったから、応募者はみな、航空の方に手をあげている。

ところが、高市の場合、手をあげる前に、お前は船員の経験があるからこっちだよ、と、「船舶兵の方の書類に、ばーんとハンコを押されてしまいました」

そんな具合で㋮部隊の教育を受けることになったのだが、その教育の過程で、今回のマニラ派遣隊の一号艇となった下松艇試作艇を見たことがあった。装備されているヘッセルマンエンジンの大きさに驚いた方だったが、もっとびっくりしたのは、その潜航のやり方だった。

海軍の潜水艦が艦首の方から海中に滑り込むように没していくのに対して、こちらの方は後部からずぼっと沈んでいくのだ。

「先輩格の海軍に敬意を表して後ろから沈むのだろう。きっと、そうだよと、仲間うちでひそひそ話をしたことでした」

そして、いま、故障続きの㋴三艇――。

おかげで母船はロープで引っ張ったり、ボートを出して修理の支援要員を送ったりで、大忙しだ。㋴の無線装置もチャチなものだったから、「僚艇行方不明」との手旗信号による連絡を受け、いくど捜索に走り回ったことか。

仲間たちの会話の内容が、だんだん悲観的なものになっていくのも無理からぬところがあった。

㋴のスクリュー・プロペラ。上は試作１号艇のオリジナルの４枚翼〈国本書より〉、下はマニラ派遣隊３号艇の３枚翼プロペラ〈National Archives〉

もうひとつ、高市兵長は元船員というプロの目から見て、

「㋴の最大の欠陥のひとつにはプロペラ（推進器）があるのではなかろうか」

と、にらんでいた。

㋴のスクリュー・プロペラは四枚翼だった。当初、設計にあたった陸軍第七技術研究所が、なぜ、㋴のような小型船に四枚翼を採用したのかは不明だが、これでは推進効率がわるく、エンジンに大きな負荷を与えることになる。故障の原因になりやすいし、速力にも影響してくる。

「一般論としてプロペラは径が大きいほど、回転が遅いほど推進効率が高い。翼の枚数が少ない方がプロペラとしてその効率がよい」「大型船用の径の大きいプロペラは四〜五枚翼が多い。モーターボートのように径が小さく回転の速いプロペラは幅の広い三枚翼が普通である」（日本造船学会資料）

㋴の場合、どうだったか。

先の東京派遣隊の項で紹介した八号艇の宇野寛中尉は、このことに気づき、四枚翼から三枚翼に交換したところ、それまでの巡航速力八ノットが十ノットに向上している。

当時、この三枚翼は市中にも在庫が乏しかった。第七技研の四枚翼設計もここらへんにその事情があったかもしれないが、宇野中尉の場合、断固として改修することにし、「大阪造兵廠技術将校のニセ名刺」をつくってプロペラメーカーと交渉、三枚翼の入手に成功している。

バレたら処罰ものの際どい芸当であった。

だが、艇を守り、部下を守り、任務を忠実に果たすためには、たとえ組織の枠組みからちょいとハズれようと、こうした不退転の決意はどうしても必要だったのだ。

八号艇建造元である日本製鋼所広島工場の理解と協力があったのはもちろんだが、このエピソードはさらに次のような話を生んでいる。

マニラ派遣隊が編成された直後のことだった。派遣隊第二号艇の艇長と指名された植木清吉中尉が宇野中尉を密かに訪ねてきている。

「マニラまで四枚プロペラではとうてい自信がもてない。交換してくれないか」

宇野艇が装備したばかりの三枚翼がほしいという切実な懇請だった。ともに陸士五十五期卒。「出陣にのぞむ同期生の願い」であった。宇野は承諾している。

晴ればれとした顔で出陣していった植木中尉だったが、やがてはフィリピンの地で戦死する運命にあった。

そんな苦労の果て、マニラ派遣隊は、やっと目的地フィリピンを見ている。

「筆舌に尽し難い辛苦の航海を続け、とにかく七月十八日マニラに入港した」（「ⓤ部隊略史」）

高市兵長の目に緑がまぶしかった。足元の動かない大地がありがたかった。

林中尉の軍刀の切っ先にはサビが浮かんでいた。

レイテ、決戦場となる

長く苦しい航海を耐え抜いてマニラに滑り込んだⓤ三隻だったが、各艇とも満身創痍といった状態だった。

「マニラに到着したものの船の各部はガタガタ。早速ドック入り。それでも不十分。マニラ

湾内キャビテ軍港の海軍ドックに入り、緊急修理」（井上博夫主計中尉・手記）

派遣隊は在マニラ第三船舶輸送部隊の所属となり、隊員たちは軍接収の市内の小学校を宿舎として休養をとることになったのだが、入院患者続出で病死者さえ出している。

そうした状況の中で、派遣隊のうち支援隊員の高市正行兵長は、せめてもの憩いの時間を過ごしたマニラ市街の様子について、次のように記憶している。

「到着直後のマニラはまだ空襲もなく、夜ともなれば繁華街にはネオンサインがきらめき、キャバレーでは生のバンドがにぎやかに演奏していました」「ただ、わたしたち兵隊には、一人歩きは危険だから『外出は二人以上で』と厳しくいわれていました。現地フィリピン人ゲリラの動きが活発になっているという話でした」

マニラに来て二ヵ月くらい経った昭和十九年九月半ばのことだったか、フィリピンを含む南方戦線の最高指揮官である南方軍総司令官・寺内寿一元帥がオープンカーの後部座席にすわり、サイドカーに乗った憲兵の先導付きで市内を走るのを見たこともあった。

「およそ戦塵とはかけ離れた平和な光景でした」

そのころのマニラ方面日本軍の状況については、次のような話もあるところだ。

「司令部では正午から一時間の昼食時間のほか、さらに二時までを睡眠時間として合計二時間の休みをとっていた。したがって、その二時間は司令部の機能が停止して、遠方の諸隊から急ぎの用件を持って来部する人達も、二時まで無為に待たされていた」（「南十字星の煌《きらめ》く下に」）

これを記したフィリピン第十四方面軍参謀部・陸軍中尉、金丸利孝（82）＝写真＝は、これが最前線の司令部の姿かと、長崎高等商業学校（現長崎大学経済学部）出身という冷めた学徒兵の目で見ている。

すでにマリアナ諸島のグアム、テニアンは陥落、サイパン島も玉砕していた。ビルマ方面奥地では九州の部隊が最後の絶望的な戦闘に挑んでいた。そして、米軍のフィリピン侵攻も間近と考えられていた時期にあたっていた。

金丸自身、㋴派遣隊がマニラに到着した直後、ほぼ㋴と同じコースをたどることになった輸送船「吉野丸」を沈められ、すべての装具を失い、辛うじてマニラに上陸していた。だから、マニラ日本軍のあまりの緊張感のなさ、その無警戒ぶりに「驚きを通り越してア然とした思い」に駆られたのだった。

その後のルソン島の山中で、金丸は飢えと病いに苦しみながらも、終戦まで戦いつづけている。

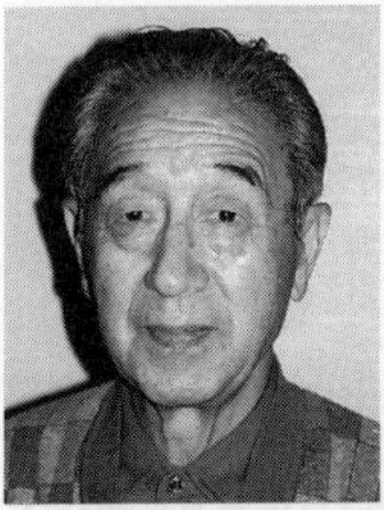

金丸利孝

このような状況の中で、㋴派遣隊は大丈夫だったのであろうか。すくなくとも「死んで中斐ある命なりせば」といった十分な働き場所が与えられたのであろうか。

嵐の前の静けさ、であった。

果たして――。

高市兵長が市内の通りでオープンカーで走る寺内元帥を見か

昭和19年10月20日、レイテ島に殺到する米軍上陸部隊〈National Archives〉

けた日から約一ヵ月後の十月二十日、マニラ市街は初の空襲を受けた。同日、米軍はレイテに上陸作戦を開始している。米軍によるフィリピンへの本格的来攻がはじまったのだった。

日本軍もこうした事態をあらかじめ想定して当初、陸上決戦場は首都マニラがあるルソン島に限定。レイテ島を含めた他の地点への来攻に対しては航空兵力と海軍艦艇による攻撃を行なうという基本方針を定めていた（南方軍捷一号作戦計画）。

ところが、米軍のレイテ侵攻を受けて大本営と南方軍がこの基本方針を急きょ変更、レイテでの決戦を言い出したからオカしなことになっている。それも、じっさいに兵力を動かして戦闘指揮に当たる現地第十四方面軍司令官・山下奉文大将の再三にわたる反対を押し切っての方針変更だった。

直前に行なわれた台湾沖航空戦で「敵空母の多くを沈めた」との搭乗員による過大報告を過信したためだったが、この突然の方針変更は、海空戦力のみならず、地上兵力をもマニラから遠いレイテへ輸送せねばならず、大きな混乱を招くことは明らかだった。

だが、大本営はそのレイテ決戦を断行した。戦艦大和、武蔵を主力とする連合艦隊が出動した（レイテ沖海戦）。あの神風《しんぷう》特別攻撃隊も、このとき初めて編成され、出撃した。もう、そのころともなると、台湾沖航空戦における錯誤による過大報告からも分かるように技量未熟な搭乗員が第一線に多数投入されるようになっていた。爆弾を抱いて体当たり攻撃する戦法以外になかったのだった。

レイテ島への強行輸送（第九次多号作戦）に参加、砲爆撃を受けてオルモック沖で炎上する二等輸送艦第159号〈National Archives〉

一方、現地の寺内元帥もまた「神機到来セリ」と判断して陸上兵力をレイテに結集することを命令した。それは米軍機・艦艇の圧倒的な戦力の下での無謀ともいえる輸送作戦だった。

「多《た》号作戦」と名づけられたこの強行輸送作戦は九次にわたって行なわれたが、果たして無残きわまりない結末を迎えることになっている。

㋴派遣隊はそうした状況誤認に基づく無理な作戦の中に巻き込まれていっている。

「（㋴三艇の修理は）緊急を要するが遅々として進まず、かろうじて二号艇が運航できる程度にすぎな

い。しかし、無理してもレイテに輸送を行なわなければならない」（井上少尉・手記）

　そこで派遣隊では、ただ一隻、「かろうじて」動けるゆ⃝二号艇によってレイテ輸送を行なうことに決している。ゆ⃝は潜水艇ということから隠密性と機動性とを合わせ持っているのだが、そうした特性が全く生かされることなく、敵が網を張って待ち構えている海域に真正面から出ていくことになったのは、まことに不幸な巡り合わせであった。

　十一月二十日すぎ、派遣隊隊長・青木憲治少佐が自ら同乗しての陣頭指揮のもと、二号艇（艇長・植木清吉中尉）は四十トンの食糧・弾薬類を搭載してマニラを出ている。

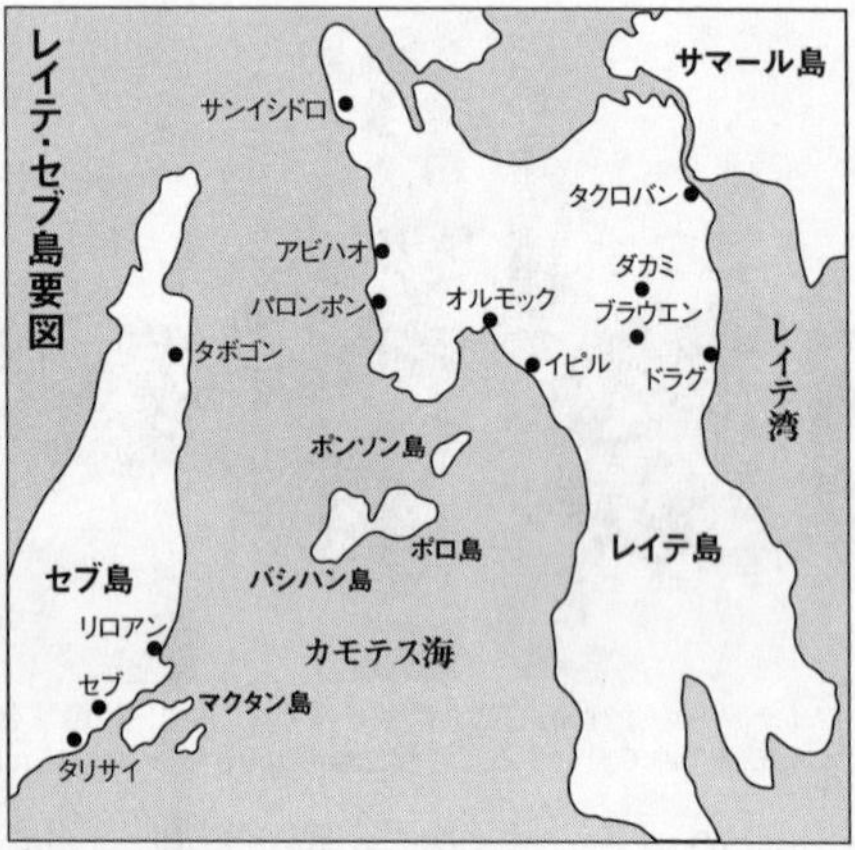

　翌朝、マニラ南方約百キロ先の中継地バタンガス到着。同夕、出港したが、間もなく潜望鏡に故障が見つかり、引き返してきた。このため、バタンガスに居残っていた井上少尉はマニラまで自動車で往復して潜望鏡部品を運ぶはめになっている。

　翌日の夕刻、あらためて二号艇はバタンガスを出ていったのだが、その当時の模様について井上少尉は次のように手記に書いている。

「入り日の真紅に照らされて静かに桟橋を離れてゆきました。艦橋に青木少佐が立ち、挙手の礼をされるのを我々はあるいは最後かとじっと帽を振って送りました」「この別れは映画の一駒のように脳裏に焼きついております。また、これが㋴の将来を暗示していたのかもしれません」

青木少佐は先にも記したように㋴部隊発足からの基幹将校で、満州の戦車部隊の出身だった。かねて精神面教育を強調する頑張り屋で、こんどのレイテ輸送作戦でも「精神一到何事か成らざらん」的発言を繰り返していたというハナシもあるのだが、当時の周囲の情勢からすれば、そう演説するよりほかに手がなかったのかもしれなかった。

さて、それからの二号艇の航跡をみると、バタンガスを出たあと、セブ島に寄港していることが分かる。いくつかの記録が見られるところだ。

駒宮真七郎

「その頃になって㋴艇が入ってきた。それにバッテリーを多量積んでいるという。この㋴潜航艇のことを知っている者は、当時（セブ島の）リロアン部隊にはごく少数だと思っていたのに、このニュースが入ってきた。一体、どこで浮上揚陸できるかと心配したのだが、夢のようなこの情報は、バッテリーヒステリーになっていた材料廠内から出たものであろう」（リロアン会「リロアン――船舶工兵第一野戦補充隊の記録」）

ちょっと分かりにくい文章だが、要するに補充隊がかねて欲しいと渇望していたバッテリーを積んだ㋴が入ってきたそうだ、ユメかと思った、という内容である。バッテリーや通信器材の真空管などは暑さと湿気に弱いものだから、南方戦線のどこの隊でも「ヒステリー」すなわち、欠乏症にかかっていたといわれる。

また、こんなものもある。

「そのころ筆者はセブにあって、マニラ行きの便船を待つ身で、港内に出入りしていたが、ある日、ⓤ艇が入港してきたという話を聞き、岸壁まで見にいったことがあった。ちょうど夕方の干潮時であったので、だいぶ下がった水面上の岸壁に密着して停泊中のⓤ艇の姿を見た。乗員が忙しそうに出入りし、整備に忙殺されていた。話の様子でマニラから到着し、これから（レイテ島の）オルモックに突入するとのことであった」（「船舶砲兵」）

この「船舶砲兵」の筆者である駒宮真七郎（84）＝写真＝は元陸軍大尉で、当時、陸軍中尉として船舶砲兵第二連隊の中隊長の任にあった。

この船砲隊は、元はといえばⓤ部隊と同じく広島宇品の船舶司令部の所属だった。「大型船舶に乗船し、洋上航行中の自衛を主たる任務」としていた。レイテ輸送の多号作戦では各輸送船に分乗して対空、対潜戦で善戦敢闘を続けたものの、じつに多くの隊員が船と運命を共にしている。

駒宮中尉が所属した船舶砲兵第二連隊だけでも、フィリピン全域の戦いで総員二千九百人のうち、じつに二千七百人が生還することはなかった。生存者、わずか二百人。

そんな具合で、駒宮はⓤの動向に無関心ではおられなかったのである。

「彼らの見慣れぬ服装が目に浮かんでくる。天井は平らでヒサシが極端に小さな帽子、鳩目が無数についている作業服等々。おそらく彼らのために専門に作られたのであろう。筆者は無事成功を祈りつつ現場を去ったのだが……」

さて、レイテ島オルモック突入をはかる二号艇はセブ島を出て、二十六日朝、最後の中継地点であるバシハン島に立ち寄っている。

ここで最終点検を済ませたのだが、そのさい、セブ島から派遣されてきていた㋴セブ分遣隊のうち、野口氏夫中尉はじめ十四人を同乗させている。この野口中尉らはオルモックに着き次第、㋴荷役の揚陸隊要員となる手はずだった。

じつは、この二号艇同乗の揚陸隊員メンバーは当初、十六人が予定されていた。その中に高市正行兵長の名前もあった。だが、いざ出撃というぎりぎり間際になって、野口中尉により高市兵長と准尉の二人が残留を命ぜられている。

「セブ島に戻り、二号艇出撃の状況を報告せよ」

それが、二人に与えられた野口中尉からの命令だった。

なぜ、高市ら二人が残留組として指名されたかは分からない。ただ、高市の場合、野口中尉とは四国松山の同郷だった。また将校当番兵としてかねて親しく声をかけられていたことがあった。

二十七日深夜。

「ド、ド、ド、ドッ」という㋵独特のエンジン始動音が響き、特有の排ガスのにおいが海面を流れていっている。

高市兵長は小銃を固く握りしめ、身じろぎもせず、「捧げ銃」の姿勢であった。

かたわらの准尉もまた、軍刀を抜き放ち、「捧げ刀」の姿勢を崩していない。

黒い影となって、いま、㋵二号艇が決戦場レイテ・オルモックめざして滑っていく。

月はなかった。満天の星空があった。南十字星が左斜めにかかっていた。

覚悟の強行輸送作戦

いま、捧げ銃の姿勢で去り行く㋵二号艇を粛然として見送る高市正行兵長――。

オヤ、と、思っている。

心ならずも残留を命ぜられたあと、せめての気持を込め、島の密林の中で捕まえた野ブタの子を隊長・青木憲治少佐に献上したのだが、その子ブタが司令塔わきにくくりつけられていることだった。

「出撃前に食べてもらおうと思っていたのに、どうしたんだろう」「オルモックへ土産として持っていくつもりか、と、すぐ思い直しましたが、ね」

それにしても司令塔わきとは――。よく見ると、後部甲板にも貨物が積載されているのだ。

これは、一体、どういうことなのか。これでは、とてもじゃないが、潜航は無理ではあるまいか。

おまけに、ただでさえ狭い艇内には、植木清吉艇長ら定員いっぱいの二号艇隊員二十五人はじめ、オルモック揚陸要員の野口氏夫中尉ら十四人、これに青木隊長を加えると、じつに四十人の人員がひしめくように乗っているのである。

「覚悟の強行輸送か」

潜航せずに突っ走るつもりなのか、と、高市兵長は思っている。

青木隊長は「断じて行なえば鬼神もこれを避く」と、しばしば訓示していたといわれる。これは、その伝の決死行動なのであろうか。

戦後における井上博夫・元主計少尉の米軍資料調査結果によれば、㋴二号艇の最後は次のようなものであった。

昭和十九年十一月二十八日午前一時二十七分。

四隻から成る米海軍第四十三駆逐隊は、ボンソン島北方において浮上航行中の潜水艦一隻をレーダーで捕捉した。その直前、上空警戒中の哨戒機から「日本潜水艦一隻がオルモック湾に接近中」と打電してきていた。

艦隊は直ちに照明弾を発射して増速急迫し、砲門を開いた。それにもかかわらず、相手潜水艦は急速潜航するなどの避退行動はとらず、水上航行のまま進航していた。これは通常の潜水艦の行動としては極めて異常なる状況だった。

哨戒機の接触を受け、探照灯の照射までされてもなお、そのまま突入しようと試みている。決死の覚悟がうかがわれた。

十二・七センチ砲二十門の米駆逐艦四隻に対し、無謀といおうか、潜水艦は浮上航行のまま、三十七ミリ砲一門で応戦してきた。潜水艦の砲員、射手は照準も完全に合わさず盲目射撃したものか、米艦隊に損害を与えることは出来なかった。駆逐隊側は冷静な砲戦作戦を敢行し、猛射を続行した。

午前一時三十八分。

旗艦「ウエーラー」艦長はラム（衝角）攻撃を敢行するため、転舵しかけたが、敵潜の状況を冷静沈着に視認したところ、潜水艦の損害があまりにも甚大なものと確認。砲火のみにて撃沈できるものと判断し、同潜と並航して四十ミリ機関砲の集中砲火を浴びせた。

砲弾は潜水艦の司令塔、気密室の装甲鋼板を貫通し、艦内でさく裂した。かかる攻撃を再度敢行しようとしたとき、潜水艦は白熱した爆発を起こし、艦首を斜めに空に向けて、シューシューと空気音をたてて艦尾より波間に没していった。

海上に六名の日本軍人（砲員、機銃射手、給弾員、艦橋当直者）が浮かんでいた。駆逐艦が救助しようと接近したところ、手榴弾らしきもので反抗の気配を示したため、午前三時三十分、駆逐隊は同海面を去った。

沈没水域はレイテ島オルモック湾外のカモテス諸島ボンソン島。ピラル岬東北東約一カイリであった。

昭和19年５月、出発前のマニラ派遣隊１、２号艇の乗員たち。前列右から３人目は１号艇艇長・芦原節夫大尉、５人目は潜水輸送教育隊隊長・矢野光二中佐。前列左から２人目は２号艇艇長・植木清吉中尉、４人目はマニラ派遣隊隊長・青木憲治少佐〈高市正行〉

――同夜、マニラに戻っていた井上少尉は、インド・ニューデリー短波放送が次のように伝えているのを傍受し、粛然として頭を垂れている。

「レイテ・オルモック沖にて日本軍小型潜水艦を撃沈せり」

かくて、マニラ派遣隊ⓨ三隻のうち、二号艇は青木隊長、植木艇長はじめ隊員四十人と共に海没した。（人員数については諸説ある）

陸戦ならば、部隊全滅という場合であっても、幸運に恵まれた数人の生存兵が見つかる事例が多々あるのだが、海戦ではそうはいかない。まして潜水艇である。その最後を語る者がいないのが痛ましい。

ただ、ここですこし雑音を入れると、このⓨ二号艇オルモック突入が、どこの命令で行なわれたのか分からないことがある。

いつ、だれが「行け」といったのか。ぜんぜん不明なのである。

二号艇の最終地点バシハン島出撃は前述のように十九年十一月二十八日未明のことだった。ところが、その十日ほど前の十一月十七日、寺内寿一元帥の南方軍司令部が「突如」として仏印（現ベトナム）サイゴンに移動してしまっているのだ。㋹マニラ派遣隊の所属する第三船舶輸送司令部も一部残留部隊を残して同行している。

指揮を仰ぐべき輸送司令部が不在になって、一体、それからの㋹の面倒は、どこがみたのであろうか。それにもかかわらず、二号艇は出撃していっている。以前からの命令が生きていたとも解釈できようが、ここらあたり、どうも不可解である。

その証拠でもないが、せっかくの㋹二号艇の出撃だったが、その出撃は当時陸海軍が総力をあげて行なっていた九次にわたる組織的な「多号作戦」のいずれにも属していないのである。

「本件は広範にみて多号作戦ともみられるが、直接の輸送順位に入っていない」（駒宮真七郎「船舶砲兵」）

傷だらけの二号艇がそんなに急いで出て行く必要はあったのだろうか。

この指揮系統の混乱は、㋹マニラ派遣隊のその後にも重大な影響を与えることになっている。いってみれば「孤児同然」になってしまったのだ。そこで、なんと、広島・宇品の船舶司令部と「かすかに通じる」無電によって直接連絡をとりながらの行動となっている。

そんな具合だったから、残る㋴の二艇も無事で済んでいない。

一号艇と三号艇は、二号艇の出撃後も、マニラの海軍ドックで懸命の整備作業がすすめられていたが、ようやく自力航行ができるまでになった。しかし、そのころともなると、マニラへの空襲は頻繁の度を加えてきていた。このため、ルソン島北部へ移動することになったのだが、翌二十年一月二日、一号艇は北サンフェルナンド・ホロ岬に仮泊中、米軍爆撃機の攻撃を受けて沈没している。

三号艇もまた、三日後の一月五日、北サンフェルナンド南方で座礁、海没した。これより先、三島の㋴部隊からマニラまでの長期航海で支援母船役を果たした第二高周丸も、前年の九月二十四日、マニラからネグロスに向かう途中、米軍機編隊の空襲により大火災を起こして沈没したのだった。

こうして、頼みの㋴艇のすべてと青木隊長を失った㋴派遣隊は、マニラ在の派遣隊本部とセブ分遣隊に二分されることになっている。

このうち、セブ分遣隊四十三人は終戦までセブ島で歩兵部隊の一隊として米軍相手にしぶとく戦い続けた。先のオルモック突入直前、命令により残留となった高市兵長と准尉の二人も、この隊の一員として戦っている。

ここらあたり、高市兵長によれば、

「それは、生きるための戦いでもありました。許可なく発砲することは禁じられていましたが、野鳥、野ブタなどを見つけると、もう命令もなにもあったものではありません。小銃で

マニラ派遣隊３号艇は昭和20年１月５日、ルソン島北サンフェルナンド南方で沈没したが、間もなくこの船体を発見した米軍は、救難艦による浮揚作業を実施した。216、217ページの写真はその折の撮影である。上は浮揚した３号艇〈すべてNational Archives〉

３号艇の司令塔前方に搭載された戦車砲改造の四式37ミリ船舶砲。これが㋴のほとんど唯一の武装であった

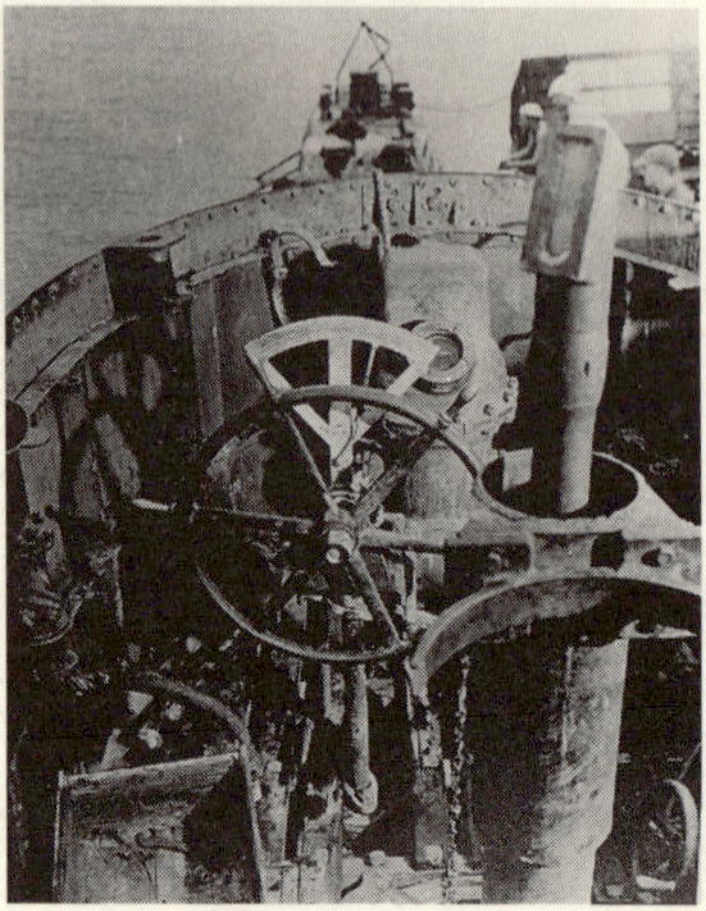

司令塔上部の艦橋。中央に舵輪と羅針儀、手前右側には海軍から支給された潜望鏡の先端部分が写っている

米ドック型揚陸艦「ラシュモア」に収容された3号艇。艇首の潜舵や、海軍の潜水艦に比べて武骨な感じの水線下の船体形状がよく分かる。本艇はこの後、米本国に輸送された

司令塔直下の司令室内部。艇首側から左舷後部方向を写したもので、中央の2つの舵輪は左が横舵用、右が潜舵用。左後方に見える伝声管の開口部の位置から司令室の狭さが実感できる

撃って食糧にしました」

「最後は栄養失調でふらふら。せっかく残留した准尉さんも食糧調達に出かけたまま帰りませんでした」

セブ分遣隊四十三人のうち、終戦まで生き残った者は高市兵長ら十六人。

一方、マニラにあった派遣隊本部は、一号艇、三号艇を失ってしまうと、先に述べたように第三船舶輸送司令部が南方軍本部と共にサイゴンに本拠を移したことから「命令系統はすべて崩壊」してしまい、「途方に暮れる」かたちとなっている。

そこで、第三船舶輸送司令部残留隊、海上駆逐大隊、海上輸送大隊らの船舶部隊と共に臨時歩兵大隊を編成して各地を転戦している。その間、広島からの直接命令で、一号艇の芦原節夫大尉、三号艇の林昇中尉ら四人の将校が「戦訓を報告」するため、日本内地へ空路帰還となっている。

一般隊員たちにも「台湾・高雄への引き揚げ命令」が届いたのだが、大量の人員を運ぶ飛行機や便船などあるはずはなく、そのままルソンの地で戦い続けなければならなかった。

「未開山地の行動は至難を極め、加うるに敵正規兵、敵ゲリラ、イゴロット族の襲撃、悪性マラリア、食糧の欠乏等により益々人員の消耗をみる」「当初、四百名くらいの編成でしたが、第一戦の消耗と病人は随時病院に残してきたので、（最終的には）二十名くらいになってしまいました」（井上少尉・手記）

井上少尉らが終戦を知り、ルソンの山から下りたのは、終戦三ヵ月後の昭和二十年十一月二十七日のことだった。

かくて㋴マニラ派遣隊は壊滅した。

ルソン島で日本軍と交戦する米陸軍部隊。3隻の㋴すべてを失った派遣隊は比島の山中で歩兵として戦い続けた〈National Archives〉

レイテ・オルモックを目前にして海没していく二号艇の艇内はどんなものであったろうか。隊員たちの断末魔の絶叫が聞こえるような気がする。あるいはレイテやルソンの山中で飢えと病魔に倒れ、空しく果てねばならぬ、その無念——。

戦後、長らく㋴戦友会本部世話人を務めた元㋴教育隊中隊長・福山琢磨大尉は、その手記の中で、㋴について次のように総括している。

「昭和十七年秋以来の、海中にもぐる補給輸送の構想も、ついに比島（フィリピン）では成果を挙げることができなかった。厚板、鉄板の物動計画（物資動員計画）のワクのすべてを㋴の建造に注ぎ込むほどの陸軍最高首脳部の期待も、いまやはかない夢と化してしまった」

「思うに、すべてに無理があった。無理の上に無理を重ねたのである。素人に造らせたのも無理であった。船舶や海洋の知識もない陸兵に、わずか数ヵ月の教育で潜水艦を運航させたことも、無理であった。艇そのものの構造や機能にも、無理が多かった」

「どうして、こんな無理をしなければならなかったのか。太平洋戦争末期の日本の有様をそのまま象徴するような㋴の存在には、考えさせられるものが多いのである」(丸・別冊「日米戦の天王山――フィリピン決戦記」)

ことに㋴マニラ派遣隊に関していえば、井上博夫主計少尉による「行き当たりばったりの計画。ただ、行け、行け、と。しゃにむに出撃させられた面があった」という述懐に耳を傾けざるを得ないのである。

こうして終戦時までに完成、就役した㋴四十隻のうち、一号、二号、三号の各艇はフィリピン海域に沈み、八号艇が伊豆・下田港で空爆により沈没した。さらにもう一隻も朝鮮半島群山沖で暴風雨のため、座礁・転覆している。

残りの三十五隻は戦後、米軍により海没処分されるという運命をたどったのだった。

第七章　三島の記憶は深く

斬り込み隊の編成

日本製鋼所広島工場で建造中の㋹艤装要員として派遣されていた陸軍上等兵、青山正雄（75）＝写真＝は、甲板にある昇降口のハッチがこれまでの㋹仕様に比べて「いくぶん大きい」のに気づき、首を傾げている。終戦時、兵長。

同工場としては十隻目にあたる㋹だった。完成すれば、海田市《かいたいち》艇十号艇として就役する予定となっていた。

でも、なぜ、ハッチを大きくするように設計されたのであろうか。青山ら艤装要員はあれこれ推量を述べ合っている。

将校に聞くと、

「あ、これか。これは沖縄への斬り込み隊を乗せるためだ」「兵が迅速に艇内からハネ出せるように考えられたものだ」

青山正雄

そんな返事だったから、一同、へえーと顔を見合わせている。

昭和二十年三月、すでにフィリピン・マニラ方面における日本軍の組織的抵抗は終息していた。硫黄島守備隊も玉砕した。日本本土への空襲は日常化していた。米軍は沖縄本島に迫りつつあった。

もはや、日本軍に残された対抗手段は「特攻」攻撃でしかなかった。

青山上等兵らは、そうした緊迫した戦況と取り巻く情勢の厳しさは肌で感じていたものの、「斬り込み隊」とはねえ、と、次第に全容を現わしつつある十号艇をあらためて見直す思いでいる。

ここらあたり、どうだったのだろうか。

国本康文「陸軍潜航輸送艇隊出撃す！」によれば、日本製鋼所広島工場における設計変更工事は「改良三式潜航輸送艇」シリーズとして前号艇の九号艇から行なわれていて、「軍需品積載方法を改善するための改修工事」だったとされている。

専門用語が並んでいてちょっと難解な面があるが、そのまま引用してみると、次のようなものだった。

「改修工事の大要は①甲板通路の幅を一メートル拡大し、甲板倉の容積を増加②甲板倉の前後端に柵を設け、積載軍需品の移動を防止③甲板倉床面の取外式への改修、船殻上部の諸管、

(ゆ)Ⅱ型・潮 一般艤装図

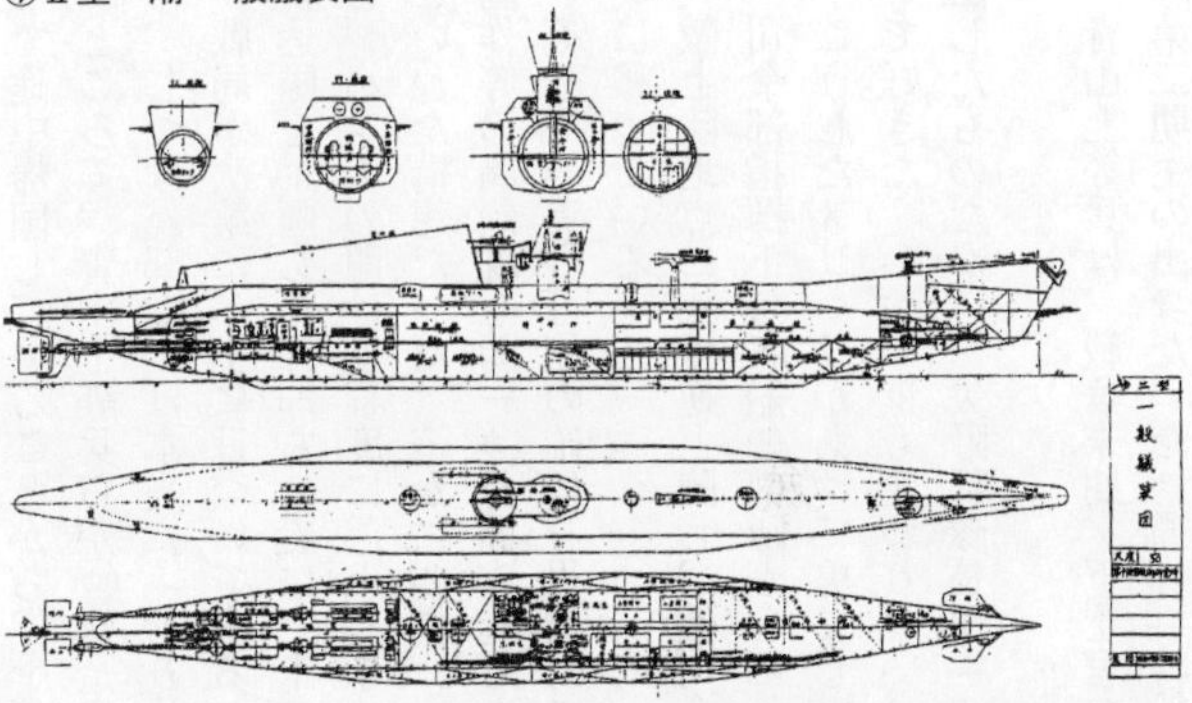

――国本康文「陸軍潜航輸送艇隊出撃す！」より

諸弁の操作、占栓を容易にする④甲板倉の上面を取外式揚蓋へ改装、船側に所用のリンクを備えた」

「これらの改修により三式潜航輸送艇は積載重量が五トン増加し、以降の艇にはこの改修を実施する計画が立てられた」

以上からうかがえるのは、十八年十月、日立製作所笠戸工場で(ゆ)試作一号艇（下松一号艇）が完成して以来、つねに(ゆ)全般にわたった改良工事がすすめられていることである。また海軍の協力があって、「(ゆ)Ⅱ型・潮」と命名されたより大型の(ゆ)建造も進められている。終戦で間に合わなかったのだが、これに艇長として乗ることになっていた出口俊彦・元大尉によれば、「排水量四百トン、隊員二十九人、かなり艇内機器の自動化がはかられていた」ということだ。

あのマニラ派遣隊が大きな犠牲を払って得た戦訓も、派遣隊の四将校が「報告せよ」との強い命令で途中帰国していることから、十分に取り入れられたものとおもわれる。

ところで、青山上等兵らが㋒建造現場で沖縄斬り込み隊のことを半信半疑で聞いていたころ、じつは㋒部隊では本当に「斬り込み隊」編成計画がすすめられていたのだった。

「戦局が次第に本土に近づいて来るので、敵の上陸に対し㋒を利用して逆上陸を敢行すべく斬込隊を企画した。即ち一艇に三十名の斬込隊を乗せ、暗夜を利用して敵の上陸地点に潜航し、ハッチの開ける程度に浮上し予め準備したゴムボートやイカダ等によって上陸奇襲するといった構想だった。密かに要員一艇分を選抜し、主として近接戦闘、格闘、乗下船、上陸動作等の諸訓練を約一ヵ月間実施した」（㋒部隊略史）

そして「実行可能の確信を得た」ので広島・宇品の船舶司令部に報告し、本格的な部隊編成に移っている。

「敵上陸地点に㋒で逆上陸し、敵司令部を攻撃せよ」

司令部指揮下の各船舶部隊から四百人がとくに選抜されて㋒部隊に加入してきた。

こうしたメリハリがあって勇ましい話は、すこし血の気が多い若いモンだったら、だれだって好きだ。いつの世も変わりない。斬り込み隊計画がオープンになると、志願する者が続出したものだから、矢野部隊長が「これをなだめるのに苦労した」という話が残っている。

青山上等兵は、戦争末期、下士官の速成養成の目的で設置された陸軍船舶特別幹部候補生隊第二期生の出身だった。通称「特幹」と呼ばれたこの教育機関は四期生まで入隊している

肉薄攻撃艇㋹(四式連絡艇)。ベニヤ張りモーターボートで、搭載した爆雷を敵艦の至近で投下する陸軍特攻艇〈潮書房〉

が、ときすでに遅く、本格的に第一線で戦ったのは第一期生だけにとどまった。

この特幹一期生と青山らの二期生との関係だが、因縁浅からぬものがあった。十九年二月、同時に受験、同時に合格発表がなされている。そして、合格者四千人(現在の年齢でいうと全員が十四歳から十九歳)のうち、比較的年齢が高かった者千八百人が十九年四月、第一期生として入隊。続いて五ヵ月後の九月、残りの二千二百人が第二期生として入隊している。(「紅の血は燃えて――船舶特幹二期生の記録」)

この五ヵ月の差は大きかった。両者の運命を非情に分けることとなっている。特幹一期生の九割以上が㋹肉薄攻撃艇に乗り、海上挺身戦隊としてフィリピンや沖縄の戦線で敵艦に突入していっている。

第一期生はあくまで悲運だった。二十年一月九日、米軍によるフィリピン・リンガエン湾上陸作戦のさいには、㋹戦隊が「奇襲の効果を完全に発揮し」て相当の戦果をあげている(米軍資料)。しかし、全艇が帰還しなかったことから、日本軍側ではその戦果は公認されていないのである。

このため、フィリピン戦線では「特攻戦死」として扱われずに終わった。沖縄の場合は陸上から視認され、帰還して報告した者もいたため、特攻戦死扱いとなったケースがある。さらにいえば台湾防衛に向かう途中、乗っていた輸送船が撃沈され、多くが海没した㋹戦隊所属第一期生たちは通常の「戦死」扱いにとどまっている。

さて、第一期生と第二期生の仕分けは、年齢が基準だったとされているのだが、必ずしも厳格な適用ではなかったようだ。同じ中学校出で、下級生が第一期生となり、上級生が第二期生になったという事例もある。つまり、第二期生といっても、ほんのちょっとした偶然でそうなったという側面があった。

このため、第二期生はいわば同期の第一期生に対して「先に敬礼すべきかどうか」でモメたことがあった。

その青山ら特幹二期生の面々は、やがて少年戦車兵出身者と共に㋹要員の主力を占めるようになっていくのだが、そんな事情があって「一期に負けるな」「一期生に続け」とばかり、おっそろしく気合の入った元気な期だったらしい。

彼らが入った一中隊から十中隊の通称名は「我らは陛下の股肱なり（ワレラハヘイカノココウナリ）」の語句の文字をとってつけられている。本部は「我ら」のワからワ隊と称し、続いて一中隊はレ隊、二中隊のラ隊、（ワと同音のハ、股肱のコのダブリは一字扱いして）最後の十中隊はリ隊と呼ばれていた。股肱とは人間のモモとヒジのことで、つまりは天皇陛下の手足となって戦うという意味である。

その順番で七中隊はコ隊となったのだが、この隊の者は自分のことを「コ○○候補生であります」とか、「コ××候補生入ります」とか、「コ」をつけて呼ばねばならず、故人の故に通じるものだから「なんだか早めに英霊になったみたいでイヤだなあ」とこぼし合っていたということだ。

陸軍見習士官、大橋幸夫（78）＝写真＝は、満州の歩兵部隊から将校コースの陸軍船舶幹部候補生隊を出て㋴部隊に配属となっている。のち少尉。

大橋は先の「㋴部隊略史」に記載されていたような、斬り込み隊の企画段階で、予告編の訓練をやって成果をあげた選抜組だった。これにより㋴斬り込み隊は本格的に発足することになっていくのだが、大橋見習士官はその「斬り込み隊長」の一人として初年兵教育を担当している。

当時の模様については次のような手記がみられるところだ。

大橋幸夫

「見習士官の中から剣道、柔道、空手等の有段者を主にした班をつくり、二十年三月から約一ヵ月間の訓練をなし、三月末に演習として川之江の沖から㋴にて夜陰に乗じて上陸。三千の㋴部隊を敵にまわし、司令部攻撃に成功したときは痛快でした」

（「㋴戦友会回想録」）

隊員たちの張り切りようがうかがえるような記述である。

こんな歌もウタわれていた。

命ひとつと引き替えに　百人千人斬ってやる
日本刀と銃剣の　斬れ味知れと　敵陣深く
今宵また行く斬り込み隊

勇ましいが、大利根月夜の平手造酒でもあるまいし、近代戦をやるにはどこか調子が合わない感じの歌である。ただ、時すでに遅きに失していたものの、本来の㋹の効果的運用としては、この斬り込み隊構想は面白かったのではあるまいか。

㋹設計の項でたびたび紹介した塩見文作技術少佐の回想に次のようなものがある。

「軍令部員の（海軍）某中佐は『この船（㋹）ができたら海軍の潜水艦と協同作戦をやると、太平洋岸のいずれの地点へでも勝手に上陸できるんではないか』などと冗談をいったこともあった」（「陸戦兵器総覧」）

話は冗談で終わっているが、案外、㋹の本質をついているような気がしてならない。

これは全くの余談だが、昭和十七年八月十七日未明、中部太平洋ギルバート諸島のマキン島日本海軍守備隊七十三人が米海兵隊による奇襲攻撃を受けたことがあった。米兵二百二十二人は真珠湾で二隻の潜水艦に分乗、十日間にわたる「狭く熱気に蒸れかえった艦内」生活を耐えたあと、ひそかにゴムボートによって上陸を図っている。

海兵隊は日本軍守備隊と激戦をまじえて「ほぼ全滅」させ、装備類を破壊して再び潜水艦で引き揚げているが、のちに展開されたマキン・タラワ攻防戦で米海軍が初めて実施したサンゴ礁上陸作戦の前哨戦ともいえるものだった。防備状況の情報収集に目的があったとされる。（十一月二十四日マキン島日本軍守備隊玉砕、同二十五日タラワ島玉砕）

米海軍の大型潜水艦「ノーチラス」の艦上に整列した米海兵隊マキン島奇襲隊員〈National Archives〉

奇襲作戦から帰還、鹵獲した軍艦旗を持つカールソン隊長(左)とルーズベルト副隊長〈National Archives〉

なお、このときの海兵隊副隊長のジェームス・ルーズベルト海兵中佐は当時の米国大統領の長男だったことから、この奇襲作戦成功は米国内で大いに喧伝されたといわれる。

また、こんな資料もある。

軍令部による二十年四月十四日付の「内南洋方面離島状況調査表要旨」というもので、次のように記されている。

「十八ヵ所（約一四二、五六六名）にわたる離島のうち、自給可能なもの七ヵ所、成果不十分ながら自活中のもの四ヵ所、自給きわめて困難なもの五ヵ所、自給策の立たぬもの二ヵ所となっており、二十年初頭以来トラック（約四四、〇〇〇名）、メレオン（約四、五〇〇名）、ウェーク（約四、三〇〇名）、南鳥島（約三、二〇〇名）のほか補給を行っていない」（「潜水艦史」）

これからみても、㋴を生かす道は、ほかにもいくつかあったのではなかろうか。

ま、そうしたことはともかく、せっかくの㋴斬り込み隊だったが、やがて陸軍部の知るところとなり、「あくまでも本来の輸送任務に邁進すべし」との指示が出されている。そこで表向きは隊解体のかたちをとったものの、一部で猛訓練が終戦の日まで続けられていたということだ。

青山正雄上等兵は剣道三段だった。自分でいうのもなんだが、「動作は機敏」「はしっこい」方だった。当時、十七歳。夢中で走り回っていた。

しかし、日本製鋼所広島工場の待機寮にいて出くわした、あの「落ちてきた太陽」だけには勝てるものではなかった。

いまも、青山は、被爆者健康手帳を所持している。

半潜攻撃艇㋦

昭和二十年六月、広島湾に浮かぶ似島の深浦地区に船舶練習部第一教育隊という隊名を掲げた部隊が新設されている。船舶隊全般を統括する船舶司令部の要請を受け、㋴部隊からも約六十人の隊員がこの隊に行くことになった。

陸軍上等兵、奥田辰二郎（73）＝写真＝は、その㋴部隊からの転属組の一人だった。終戦時、兵長。

新設部隊に行く前、三日間の「特別休暇」が与えられている。故郷の山口に帰るための鉄道乗車券から座席までも部隊が手を回して確保してくれた。民間一般の汽車利用が制限されていたころで、「至れり尽くせり」といった調子なのが、どうも怪しかった。こういう場合、あとでロクなことはない。

やはり、そうだった。

「では行って来い」と、隊長が故郷に向かう兵隊たちを前にして一席ブッたあと、最後に「家から軍刀を持ってくること。腹を切る刀ぐらいは自分で用意しておけ」なんて、物騒なことをいうのである。

奥田辰二郎

奥田上等兵は例の特幹二期生だった。

二十年一月に陸軍船舶特別幹部候補生隊を卒業して三島の㋴部隊に配属となった。機関の教育を受け、ガソリンエンジンからディーゼルエンジン、さらに㋴のヘッセルマンエンジンの扱いを「徹底的」に仕込まれた。

そのころともなると、訓練・教育用に使う燃料油にも事欠くようになっていて、伊予三島の山中に松根油の採取に行かされてもいる。本土空襲の敵機を迎撃する第一線の航空隊ですら代用燃料アルコール（亜号燃料）を使用していた。そこで、松の根っこからも油を絞り出す、という話だった。（「海軍技術戦記」）

この松根油はタール分や灰分が多く、精製がたいへんで、結局は戦争遂行に間に合わなかったといわれる。だが、当時は大真面目で大々的に採取を考えた国家的事業だった。

「皇国決戦ノ現段階ニ対処シ山野ノ随所ニ放置セラレアル松根ノ徹底的動員ヲ図リ簡易ナル乾留方法ニ依ル松根油ノ飛躍的増産ヲ期スル（中略）皇国戦力ノ充実増強ニ寄与セントス」（松根油等緊急増産対策設置要綱）

ついでに述べると、「ヒマをつくろう」と国民に呼びかける運動もあった。

「ヒマシ油は荒鷲の血液だ」の合言葉のもと、十八年ごろから盛んに栽培されている。荒鷲とは飛行機のことだ。ヒマは唐ゴマともいわれ、種子から油がとれる。鉱物油の不足により代用品のヒマシ油増産が必要となって、ヒマ栽培が広く奨励された。

もうひとつの記憶――。

候補生隊を出て㋴部隊に配属された直後のことだっだが、第二期生全員に集合がかかった。そこで部隊長から「本日、第一期生がフィリピン戦線で全員特攻となり、敵の戦艦に大打撃を与えた」というニュースを聞かされている。

「だから、お前たちも……」と部隊長の演説は続いたはずだが、そこは覚えていない。わずか五ヵ月先に卒業した者の多くが早くも戦死したという話は、じつに衝撃的だったからだ。

「いずれは我が身、それも近く」。死が現実的なものとして、そくそくとして迫ってくるような思いであった。

そんな悲痛なニュースを耳にして向かった似島深浦の新設部隊だったが、先の「切腹用の軍刀」のハナシではないが、そこはもう決死どころか、必死隊の「特攻隊員養成所」みたいなところだったから、いよいよ驚いている。

昼間は座学で、内容の「八十パーセント」が精神教育だった。

「特攻死をいかに自分自身に納得させるか、そんな自問自答の時間でもありました」

ほんの先頃まで中学生（旧制）だった身である。あれよあれよ、という間の運命の急転換なのである。そうそう気持の整理がつくものではなかった。

夜になって小発（小型発動機艇）による操船訓練となる。闇夜に浮かぶ海上目標をどう確認するか、どう接近するか。発光信号から星座の勉強まであって、これぞ「実戦に即した演習」ということだった。それはそれでいいのだが、肝心の秘密特攻兵器がどんなものなのか。これがぜんぜん姿を見せず、まるで見当がつかないのには弱った。

新設部隊に転属して約一ヵ月が過ぎたころだったか、その秘密兵器の「見本」が一隻、やっと到着したというから見にいった。

それは、まるで「オットセイみたいな」奇怪な姿をしていた。

「あれに乗って突っ込むんか」「おどんたちは、あれで死ぬとばい」

兵たちは小声でささやき交わしている。

陸軍の半潜攻撃艇。半潜没状態で航走させるために、特殊な形状の艇首と大きな安定翼を備えていた〈国本康文〉

このとき、奥田上等兵、十七歳。

それは半潜攻撃艇（通称(ハセ)《まるハセ》）と名づけられた豆潜水艇だった。

長さ十メートル、幅一・五メートル、自重四トン。艇の前後は木造、中央部分だけが鋼鉄製で操縦席と浮力タンクがあった。艇長である操縦手と機関手の二人乗り。機関は六十馬力のディーゼルエンジン。排気ガスは敵に気取られないよう水中に排出する仕組みになっていた。

これまでの㋹《まるレ》（肉薄攻撃艇）などの場合、モーターボートよろしく爆音をたて、大きな航跡を残して走ることから、敵に発見されやすい。(ハセ)の場合、五ノットで航走すると船体の半分が沈み、操縦席とハッチだけが海面に顔を出す程度となる。これで夜間、敵に気づかれず接近し、両舷に抱いた魚雷二本を発射するということだった。

のちには魚雷の生産が間に合わないとあって、艇首に一トンの爆薬を装備して体当たり攻撃をするよう改造されている。（木俣滋郎「幻の秘密兵器」）

なお、このときの魚雷は火薬噴進式簡易魚雷と呼ばれるもので、胴体は木造だった。頭部に爆薬、後部に火薬ロケットを装備して「水面を噴進」する。

有効射程は約三百メートル。もっとも、新設部隊第一教育隊長による隊員に対する訓示は「魚雷と共にぶつかっていけ」というものだったといわれる。

柳　和男

陸軍上等兵、柳和男（78、旧姓・半戸）＝写真＝は、この半潜攻撃艇に二回体験搭乗している。終戦時、兵長。
驚いたのは、自動車のハンドルようのものが足元にあって、これを両足で操って舵を取るようになっていたことだった。両手はボタン装置でスターターを押したり、速度を加減する程度だった。
「手をフリーにしていたのは魚雷攻撃時の操作に手がかかるためだったからか」「それにしても足による操縦は難しかった。てんで真っ直ぐに進まない。身をこごめ、足元に手を伸ばして操縦してみたこともありました」
このときは魚雷発射操作は教わらなかったのだが、閉口した

半潜攻撃艇三態図

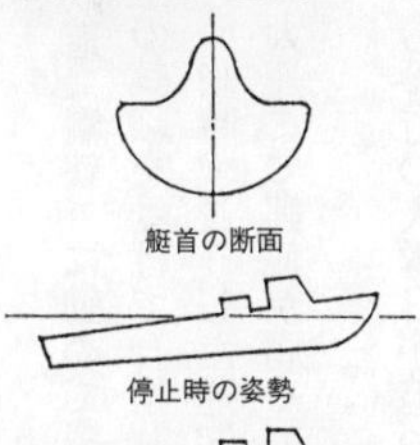

――偕行社資料より

のは、すこしでも速度を上げると、前部のガラス窓にしぶきがかかって前方が見えなくなることだった。

「二回とも似島の静かな湾内で試乗したのだが、それでも波がかぶってきて、ぜんぜん視野が利かない」「荒れる外洋に出て敵艦に近づくのは、ちょっと難しかったのではないでしょうか。ガラス窓も簡単な構造で、破壊されるとたちまち水没することになる」

柳上等兵は先の奥田上等兵と同じく、特幹二期生だった。

だが、ほんとうは第一期生だったというから、ハナシはややこしくなる。

たしかに柳と奥田の年齢差をみるかぎり、同時合格だったが原則として年齢が高い方が第一期生に選ばれたという前項の記述からすれば、柳が第一期生の方に入っていてもおかしくない。

もう、こんなこと、今となってはどうでもいいようなハナシだが、柳にとっては重要なことなので、少々お付き合い願いたい。

満州・大連の大連第一中学校に在学していた。兄が南満州鉄道（満鉄）に勤めていた。それを頼っての満州行きだった。ここで陸軍船舶特別幹部候補生の試験を受けて合格した。

合格証は届いた。しかし、入隊日の通知がなかなか届かない。当時、こうした通知でさえ郵便を使って送られていた。終戦の年である。混乱の中で遠い大連まで郵便が届くのが大幅に遅れたのだった。

その間、関東軍の現地召集があり、柳は「甲種合格」でこっちの方の入隊日が迫っていた。

そのぎりぎりになって特幹の入隊日通知がきたから、あわてた。で、関東軍に「こちらは失礼して特幹の方に行きます」と断わりに行ったら、「貴様あ、関東軍をなんと心得ているかあ」とずいぶんドヤしつけられている。

そんな具合で、ついに特幹一期生の入隊日に間に合わず。事情を勘案されて第二期生に編入されたというのが、柳上等兵の身上調書だった。

あのまま関東軍に入っていたらソ連軍と戦い、万一生き残れたとしても戦後のシベリア抑留があった。一方、郵便が正常に届いて特幹一期生になっていたら、確実に㋹で突っ込んでいたろう。そして、あの広島原爆も危うく免れることができた――。

先の満鉄にいた柳の兄のことだが、関東軍に召集されて戦っている。戦後、辛苦の末、やっと復員。故郷新潟に向かう復員列車が広島を通過するさいは、原爆に遭遇したと聞く弟・和男の冥福を祈って、深夜の車内で手を合わせたということだ。

「わたしは三度、死んでいました」

そして、今回の㋹も、そうなのである。行けば確実に死ぬ運命にあった。

柳は試験搭乗したさい、相方の機関手（年上の一等兵で北海道に妻子がいるという補充兵だった）が「艇長さんや、こんなフネでは死んでも死に切れませんなあ」と小声でいったのを覚えている。

広島・似島には、半潜攻撃艇は「見本」の試験艇が来ただけで、その後、実用艇がやって

広島に投下された原爆。(ゆ)部隊には原爆に遭遇した隊員が多い〈潮書房〉

来ることはなかった。魚雷の開発も遅れているという噂だった。

それでも隊には「明日にも出撃」といった緊張感にあふれていた。いくつかの戦隊に分けられ、小発に乗っての特訓が続けられていた。戦隊の隊長のほとんどが見習士官だったが、これがまた、たいへんな張り切りようで、「やって来る敵艦の全部を引き受けた」てな調子だったから、兵隊たちは少々鼻白んでいる。

ただ、ありがたかったのは「全員特攻」ということからか、当時の軍隊につきものの制裁やシゴキはなく、お互いに階級のへだてなしに付き合えたことがあった。さらに若い奥田上等兵や柳上等兵たちを喜ばせたのは、特攻隊用の特別食が食べられたことがあった。もはや「神様扱い」で朝から肉やタマゴがつく。夕食は白米の御飯に魚・肉料理が出される。デザートにはパイナップル缶詰めという豪華版なのだ。年少組でさえ酒タバコがふんだんだった。世間一般が飢えを訴えているご時世にこの特別待遇だった。

それでも、ひょいとしたとき、頭の中をよぎるのは、確実に近づきつつある「死」の観念だった。そんな心が沈むとき――。

みんなで酒を飲みながら、そのころ潜水艦をテーマとしてインド洋ロケを行ない、大ヒットした実戦記録映画「轟沈」の主題歌「轟沈」を声を限りにガナっている。

と、まあ、そんなふうに頑張ってはいたのだが、㋹や魚雷の生産が大幅に遅れるという見通しがはっきりして、隊は一時解散することになっている。奥田も柳も元の三島の㋴部隊に戻ることになった。

その直後、昨日までいた広島で敵B29が落とした「新型爆弾」がさく裂している。残務整理のため残っていた者全員が被爆した。

やがて、終戦。

奥田上等兵が実家から持ってきた「切腹用の軍刀」は使われずじまいで済んだ。伝来の古刀だった。父親が奥田の目をしっかと見ながら、黙って手渡してくれたものだった。

柳上等兵は兄と再会したさい、「お前、足はあるのか」といわれ、足を振ってみせている。ほとんど知られることなく終わったあの秘密特攻兵器・半潜攻撃艇㋹を操縦した足だった。

三島の人びと

終戦時における三島の㋴部隊の規模は、派遣隊を除いて将校四百七人、准士官・下士官八百二十三人、兵二千二百四十四人の総計三千四百七十四人に達していた。戦時編成の歩兵一コ連隊の総兵力にほぼ匹敵する大部隊である。三島在港の㋴の総数も十六隻にのぼっていた。

（ゆ部隊略史）

部隊本部は現在のJR四国予讃線伊予三島駅から海岸へ向かう大通りの先にあった富士紡績工場を接収した建物に置かれていた。ここでゆ部隊は昭和十八年十月から二十年八月の終戦時までの約二年間を過ごしている。

「部隊の兵舎は旧紡績工場を改造したコンクリート造りの天井が高い建物で海岸に沿って建っていた。各中隊では兵隊の起居する内務班の出入り口の構造にそれぞれ工夫をこらし、潜水艇隊らしい趣向が多い」

「部隊の浴室は浴槽とともに非常に広く、窓のすぐ下が海岸になっていて、窓の外に広がる青い海を眺めながら、のんびりと風呂に入ったものだ」（梶泰夫「軍隊生活」）

この梶少尉はすでに紹介したように日立製作所笠戸工場、続いて安藤鉄工所の作業隊隊長として活躍した人だ。終戦時、中尉。

余談になるが、戦争末期になってとくに軍が紡績工場を接収するといったケースが目立っている。ゆ部隊の富士紡接収もそうだが、船舶部隊関連でも宇品の船舶練習部はじめ、小豆島、和歌山、豊浜などでの例がある。これは日本経済が末期的症状をみせるなか、産業を「重工業中心を図り、軽工業を閉鎖したため」といわれる。工場の建物、広い敷地がそのまま利用可能だったこともあった。

そうした三島だったが、大きな空襲がなかったのはなによりのことだった。

ただ終戦間際の二十年七月三十日になってB29の襲来があり、部隊敷地周辺に機雷六発が投下されている。いずれも被害はなく、陸上に落ちた三発はⓊ部隊が解体処理した。海中に落ちた三発の方は処理できず、そのままになっているうち終戦となった。戦後間もなく、うち一発が爆発して航行中の漁船に被害が出ている。（同略史）

空襲を受けなかったことについては「さしたる軍事施設とは見られなかったのだろう」「秘密厳守が徹底していたから」など、いろんな見方があるところだ。

そんなこんなの大苦労を重ねたⓊ部隊だったが、地元三島の人たちとの交流はうまくいっていたらしく、何人かの元隊員がその好印象ぶりを記しているところだ。

もういちど、梶少尉の手記から引用してみると――、

「（三島は）気候温暖な美しい海辺の町で、海岸には見事な松林が続き、丸い玉砂利の砂浜があり、伊予蜜柑が何処の家にもたわわに実っていて、滞在中は珍しいので思い切り食べまくった」

「東京から疎開していた女の子親子に誘われ、三島劇場で旅回り劇団の舞台芸を数回見物したが、何も娯楽のない時世であったので結構楽しかった」

地元にしてみても、それまで陸軍の部隊が駐屯していたとか、海軍の基地があったという歴史的経過があったわけでなく、突如としてやって来た部隊である。それも秘密部隊というのだから、「興味津々」といった面持ちでもあった。

陸軍自前の潜水艦部隊というのである。陸兵がこれを操って決戦場に出かけるというので

ある。「モグラがカッパとなる」。興味を持たない方がおかしい。頑張れと、声のひとつでもかけてやりたいところだ。

ときたま三島の港に接岸する海軍艦艇もあったが、小型の警戒艇の場合が多かった。民間から徴用された木造漁船の改造船がほとんどだった。そこで、地元の人たちは、こんなふうにハヤしている。

「海軍さんが木の舟で、陸軍さんは鉄のフネ」

㋴隊員たちの服装もまた、興味の的だった。

すその部分が短くカットされた上衣、ポケットが多くつけられていた。それに、すその部分が広くなっているズボン。短いヒサシの平らな帽子。いずれも萌黄色で統一されていた。艇内で使用する靴は底が皮の一枚底で、上部は布製の軽いものだった。

ついでだが、艇内には空気清浄機、冷房装置があったが、性能がよろしくなく、「あまり使われなかった」といわれる。酸素ボンベが積んであり、すこし長い潜航になると、酸素を放出することになっていた。

冷凍機もあり、練乳を材料にアイスクリームをつくった艇もあった。飲料水は専用のタンクがあったが、容量が小さいため、ヤカンの水を持参した組もある。食事は「航空糧食に準ずる」として比較的よかった。赤飯、稲荷ずし、日の丸弁当。いずれも缶詰製品だった。電熱器で温めることもできた。カルピス、黒あめ、ヨウカンもあった。

以上は今回取材した範囲での「艇内生活あれこれ」だが、そうでない、そんなものはなかったという話もあって、より正確なところが記せないのが惜しまれる。前項の㋫隊員たちへの特別食にしても、「ご馳走どころか、まずいコーリャン（高粱）飯だった」と、いまでも憤慨している方もいるのだ。

艇内のトイレの問題でも、石油カンに重油を張って使用したという話から、バケツだった、いやゴム袋を使った、というハナシまである。これは各艇、それぞれ創意工夫を凝らした成果というべきであろう。

ま、ここんところは、こういう証言も多くあるということでご了解いただくとして、そんな隊員たちが外出のさい、普通の兵隊服であっても胸に特殊艦艇勤務者胸章をつけて歩くものだから、いやでも目立った。特殊艦艇勤務の㋒乗艇要員でなくとも全員がつけているイカリが銀、クサリが金の船舶部隊胸章が誇らしげだった。

昭和十九年末、特幹兵を題材にした映画「海の虎」（大映）のロケが、特幹隊本部が設置されていた瀬戸内海の小豆島を中心に行なわれている。小杉勇、月丘夢路、杉村春子、若原雅夫らの出演だった。

㋫の項に登場してもらった柳和男上等兵は、中隊長命令で戦友二人の計三人で、この映画撮影に協力させられている。男子俳優の二人と共に完全武装で縄バシゴを伝い、船腹をよじ登るシーンがあったのだが、どう気にくわなかったのか、監督になんどもやり直しをさせられて「げぇー」といっている。

特殊艦艇勤務者胸章
舟輪（金）に桜の葉（銀）、地は紺

船舶兵胸章
碇（銀）と鎖（金）に星、地は紺。
いずれも昭和19年5月9日制定

２種類の胸章を右胸につけた㋬隊員・青山上等兵〈青山正雄〉

二十年一月になってこの映画が三島の劇場で優先上映されたさい、これまた中隊長のお声がかりで映画観賞に行っている。ところが、いくら目をこらしていても、あれほど大苦労させられた縄バシゴのシーンが出て来ないのだ。最後までそうだったから、あとで中隊長に感想を報告するのに汗をかいている。

「でも、船舶兵の活躍シーンが出てくるたびに地元のお客さんは大喜びでした。それだけでもPR効果はあった、というべきでしたか」

戦争中は海軍佐世保海兵団にいた海軍二等兵曹、武村保市（80）＝写真＝は、戦後になって故郷の三島に復員したのだが、戦時中の㋬部隊の様子については、漁師をやっていた父親から聞かされている。

「さっそうとしていた。軍紀がしっかりしていて、乱れるところがなかった。ただ小さな町だから、せっかくの休暇日でも遊ぶ場所がなく、もてあましていたようだった」

「地元の漁船と係留場所が近くだったから、当初は(ゆ)乗員とトラブルになったこともあった。そこで出入りの漁船は操舵室横に大きな番号をつけさせられたが、これで地元のフネと分かると、いまの言葉でいうＯＫ、ＯＫで万事うまく解決した。部隊の方も地元には気を使っていたようだった」

一方で「斬り込み隊」の項の青山正雄上等兵は「日曜の外出は一番楽しかった」と、その手記に書いている。（「紅の血は燃えて」）

「空腹ざかりの満十七歳……。石鹸、靴下を土産に、山の農家に走った。夏みかん、いも粥、いり豆、さつま芋……。先ず自分の腹に入るだけ入れて、残りは身につける。営内に残った戦友に運ぶのだ。豆は巻脚絆の上部に平均に巻きつけ、いもは頭の上つまり略帽の中である。

武村保市

衛門での苦労は一方ならぬものがあった」

また、第二章の「朝鮮機械製作所」の項で紹介した小沢徳伍《いさお》長＝写真＝は、次のように記している。（小沢「わさびの花」）

「（はじめての外出だったが）町は小さく、羽を伸ばして一日遊べるような所はないので、山の方へ上がって行くと農家が点在していた」

特別幹部候補生時代の小沢伍長〈小沢徳〉

一軒の農家の庭先を見ると、シイタケがいっぱい干してあった。小沢の実家でもシイタケを栽培していた。そこで、思わず、干していたおばあさんに声をかけている。

「おばあさん、見事なキノコですね」「兵隊さん、どこから来たん?」

「静岡からですよ」「静岡ではよけいやりおるやろ」

しばらくのシイタケ問答のあと、おばあさんは「一服せんかえ」といっている。

「家のせがれも召集で満州へ行きよるけん。なんちゃないが、カンコロでもあがってつかあ」

以来、小沢は外出のたびに、このおばあさんを訪ねては話し込み、蒸してつぶしたサツマイモの干しカンコロをご馳走になったのだった。

戦後、しばらくして再訪したのだが、残念ながらお

昭和20年10月ごろ、愛媛・新居浜港で米軍への引き渡しを待つ㋴23号艇。中央の椅子に座っているのは、本艇最後の艇長・横崎三郎少尉である〈潮書房〉

ばあさんは亡くなっていた。息子さんの方は、無事、満州から復員していた。

「四国の人たちの親切を今でも忘れない」

と、小沢はその手記を結んでいる。

愛媛県伊予三島市の㋴部隊跡地近くに建っている「㋴陸軍潜水輸送教育隊記念碑」。昭和46年の建立

いま、かつて㋴部隊があった伊予三島の地に「㋴陸軍潜水輸送艇教育隊記念碑」が建っている。

昭和四十六年九月、㋴戦友会が建立した。

その碑文――

「昭和十八年十月二十日この地に創設　太平洋戦争の末期制空権制海権を失った南方諸島の友軍部隊に対し兵器　糧抹並びに患者等を輸送する為に　特別に陸軍が造った小型潜水艇乗組員を教育する為の部隊がこの地に在った　略称暁二九四〇部隊矢野部隊　昭和二十年十一月一日終戦復員により部隊解散　終戦二十六年後の今日　茲に戦友相集い比島方面にて戦死された故青木中佐以下三〇〇有余の英霊及び当部隊関係物故者に対し　この機会に衷心より哀悼の意を捧げる」

かくて、ⓨ部隊は、かつての帝国陸軍の数ある部隊の中でも、まことに珍しい、そして波乱に富んだ歴史を閉じた。

ぴゅーろと、トビが一羽。大空を舞っていた。さあーっと、記念碑の上をさわやかな風が駆け抜けていった。

その向こうに、かつてⓨが走った海が広がっていた。

穏やかな海——、であった。

「あとがき」にかえて

本書の主題である陸軍潜航輸送艇㋴《まるゆ》に関しては、先にまとめた「兵士の沈黙」(平成十三年、光人社刊)の中でも一部紹介しております。これについては「陸軍に潜水艦があったのか」という驚きの声から「もっと詳しいことを知りたい」といった投書まで、少なからずの反響があったところです。

そこで、さらに資料の発掘に努めると共に当時の㋴部隊関係者らを尋ね歩いて生の取材を重ねることにしました。もともと、この件に関する資料には乏しいうらみがあるのですが、それでも残された諸資料を精査しているうち、見落としていた事実に気づいて関連資料捜しに走り回ることがよくありました。

関係者との直接取材では大勢の方々からの御協力をいただきました。

「田舎なもんで道が分からないだろう」と、わざわざ駅まで迎えに来られた方も、数えてみれば、十本の指では足りません。不自由な身体を起こして語り続ける方も何人かおられ、ほんと、頭が下がる思いをしたことでした。

長い新聞の仕事で、一回こっきりでお別れする「一期一会」の出会いには慣れっこになっていたはずなのですが、こんどの取材行では、思わず後ろを振り向いて、もういちど「さようなら、お元気で」と叫びたいような衝動に駆られることがなんどかありました。

それだけ、皆様方の心中には「ゆが世間に評価されずに終わるのは残念」という、かねての強い思いのほか、「ここいらで（わたしの仕事を通じて）ゆと一区切りつけたい」といった念があるからではなかろうか、なんて勝手に想像しているところです。

それにしても陸軍潜航輸送艇ゆとは、なんだったのだろう、と考え続けています。

本書「はじめに」の項でも紹介しましたが、ゆについては部隊関係者自身による「底をついた戦力の申し子のような奇形児」「敗戦の落とし子」といった率直な感想があります。たしかに今回のゆ関連取材では、元戦車部隊隊員の間で聞かれる「人車一体」「愛車」とか、元輜重部隊兵士による「人馬一体」「愛馬」などという言葉と相通じるような「一艇一心」「愛艇」といった語句は、ついぞ耳にすることはありませんでした。

それだけ、いかに「モグラがカッパになる」ことが困難であったかを物語る証左かもしれませんし、あるいはゆ自体が、いかに「欠陥兵器」であったかを示すものともいえましょう。

しかし、取材者として見るかぎり、あのゆは必然の流れで誕生した兵器ではなかったか、と思っております。

海軍のあり方に大きな問題があったからでした。わたしはいわゆる戦時輸送船に興味を持ち、長年取材してきました。「ああ堂々の輸送船」として出ていった船舶のほとんどが撃沈され、ふたたび故国の港に戻ることはありませんでした。軍属として最下級の扱いに甘んじていた船員たちもまた、その多くが二度と還ることはありませんでした。

なぜか――。

当時の海軍の組織体に、遠い昔の日露戦争における日本海海戦勝利の栄光が遺伝子となって潜り込んでいたため、近代戦である太平洋戦争でも相変わらず艦隊決戦を追い求め、兵站（ロジスティクス）に関心を示すことはありませんでした。このため、孤島の守備隊が次々と連合軍に撃破されていったことは戦史の示すとおりです。

この兵站戦――補給作戦こそ、広大な太平洋で戦う最大のキーポイントであったにもかかわらず、たとえば、本書第一章「ガ島戦の二の舞いは」にも記したように「マル通をやるために海軍兵学校に入ったのではない」という士官が出てくるような雰囲気が通常だったのです。こうして、かつての優秀船も、世界の海を走り回っていた船員たちも、満足な護衛のないまま、「武器なき海」で空しく果てなければならなかったのでした。

これは決して後知恵でモノ申しているわけではありません。いまでも民間の海運関係者間で痛恨の思いで語られていることなのです。たとえば、こんな記述があります。

「第一次大戦の戦訓で、連合軍は、商船護衛の成功であの戦争に勝てたという認識だったから、その方の研究と準備は非常に進んでいた。以来、潜水艦も魚雷も躍進的に進歩したのだし、航空機も出て来る。こういうことは全部織り込みずみで、日本の海軍にも彼等に負けない万端の準備があるものと信じていた」「(それが)残念ながら、この期に及んでわかったことは、日本海軍は、商船の護衛については全く無準備だったことで、海軍を信頼していただけに、失望もし、憤慨もした」(有吉義弥「日本海運とともに」)

筆者の有吉氏は戦後、日本郵船社長となり、長らく日本海運界で活躍した人物です。これでは「明治の頭で昭和の戦争をした」といわれるのも無理ありません。このため、陸軍独自の発想でやらなければならなかった。いや、せざるを得なかったのが実情ではなかったでしょうか。「モチはモチ屋」ともいわれますが、その肝心の「モチ屋」の海軍に輸送船団護衛といった思想が乏しいとあっては、どうしようもありません。

このため、たとえ、海軍と一緒になって潜航輸送艇の建造構想を推進したとしても、陸軍が求めるようなものは完成しなかったのではないか。(このことは本書「八丈島輸送作戦」で登場する輸送専門の海軍丁型潜水艦に対する海軍自体の酷評からも分かることです)陸軍の主張は「モチ屋」論議の中に埋没していき、ただでさえ険しい陸海の対立が一層際立っていったにちがいありません。

そういう陸軍も明治以来の三八式小銃を終戦まで後生大事に持ち歩いていたり、やたらと精神主義をブったりで、海軍以上に「明治の頭云々」を語る材料には事欠きませんが、こと潜航輸送艇に関する限り、周囲の事情を勘案すれば、陸軍としては生まれるべくして生まれた兵器だった。そんなふうに思っております。

ただ、せっかく陸軍が総力をあげて建造したにもかかわらず、完成した㋴そのものが時間に追われてあまりにも性急につくられたため、「お粗末なシロモノ」に終わってしまいました。このため、㋴部隊の将兵たちに過度の負担を強いることにもなったのは、いかにも残念なことでした。

しかし、たとえ、そんな結末であったとしても、㋴建造の発想そのものには、もっと高い評価が与えられていいのではないでしょうか。

また、お気づきのように船舶部隊の中心が広島にあったことから、㋴隊員の多くがあの原爆に遭遇していることも特徴的です。被災市民の救出活動に出動して二次被爆に遭われた隊員も相当数にのぼっています。こうした方々の多くが高齢になられたいま、医療救護の面で正当な扱いを受けておられるだろうか――。気になってもいるところです。

先にも述べたように、この㋴取材に関しては資料不足が常につきまとった。極秘扱いだったこと、終戦直後すべての資料が焼却されたことなどによる。

そうしたなかで国本康文著「陸軍潜航輸送艇出撃す！」と出会えたのは幸運だった。筆者の国本氏は戦後の生まれ、防衛大学校卒。かつて㋴を建造していた日本製鋼所に勤務していることから、㋴に興味を持ち、独力で調査してまとめた。「全艇の行動記録」から「乗員名簿」までであり、徹底した内容となっている。

「あとがき」によれば、仕上げるまで「五年余の歳月を費やした」とある。たいへんな努力家である。謝意と敬意を表したい。

本書をまとめるに当たっては、文中に登場していただいた方々はじめ、とくに宇野寛（ゆ全般）、金澤一良（戦友会関係）、故青山正雄（同）、西村英二（豆潜水艇関係）の各氏から適切なアドバイスや貴重な資料を見せていただいた。

陸軍士官学校五十五期卒の小須田良一氏からは陸軍全般に関する教示を受けた。同細木重辰氏からも示唆に富んだ偕行社資料の提供があった。

また編集の段階では、光人社の坂梨誠司氏からの大いなる助言があった。

巻末の参考文献と合わせ、厚く御礼申し上げます。

平成十四年十二月

土井全二郎

文庫版のあとがき

本書は単行本『決戦兵器ゆ陸軍潜水艦―陸軍潜航輸送艇ゆの記録―』（平成十五年、光人社刊）を文庫本にしたものである。単行本を出したさい、「あの陸軍に潜水艦があったとは……」といったおどろきの声がいくつか寄せられた。文庫版化により、さらにゆの存在が知られていくであろう、知られてほしいという意味で、このたびの編集部の判断をありがたく受け止めている。

その後の取材で日立製作所笠戸工場で完成したゆ試作一号艇の潜航テストに立ち会った山本悌二郎技師（横浜、大正五年生まれ）にお目にかかる機会があった。当時、技師といえば「高等官」であり、民間技術陣のトップクラスだった。エンジンとプロペラ（推進器）部門に詳しかった。

潜航テストでは、すぽーんと海中に没したことから陸軍側は、「潜った、潜った」「成功」

とはしゃぎ。一方、視察の海軍側は「落ちた、落ちた（沈没した）」と騒然となる一幕があったことは先に述べた（第二章「ゆ部隊の発足」参照）。

山本さんによれば、その夜、海軍側の招待で一席設けられたのだが、海軍技術陣（いずれも中佐クラスだった）の質問は潜航艇使用のエンジンに集中した。「なにい、ヘッセルマンエンジン？」。潜水艦用内燃機関＝ディーゼルエンジン、と思い込んでいた相手は虚をつかれた格好。「隠しているのか。蓄電池利用だろう」などと、なまじエンジンの知識があるものだから容易に信用しない。そこで、翌日、わざわざ潜水艇の内部を案内して実物を見せ、ようやく納得してもらったという話だった。

馬力あたり重量がディーゼルよりはるかに小さいことから、陸軍が目をつけたヘッセルマンエンジンは小型の潜航艇には（いくつかの欠陥があったにせよ）ぴったりだったのだ。これなど、陸軍がかなり以前からゆ建造を研究していたことを裏付ける資料のひとつといえるのではあるまいか。もともと陸上の石油井戸掘削用エンジンである。海軍が目をムクのも無理はない。

このあとの山本さんの話が面白い。

相手は「いやあ、陸軍には負けた」「われら海軍潜水艦の歴史はなんだったのか」と頭を抱え、「海軍上層部には大じゅうと、小頭がわんさといるから、新規技術の開発や採用はなかなか」とこぼしはじめた。そして、「給油タンカーとして使いたい」「ぜひ、ゆを譲ってくれ」と聞かなかったということだ。

取材がご縁で㋷戦友会とのお付き合いができ、単行本出版の後、毎春の会合に出席させていただいた。

東京の戦友会では青山正男氏が長年にわたって事務局長役を務め、その青山氏（東京）はじめ、本文に登場してもらった人物に限ってみても、宇野寛（神奈川）、大橋幸雄（熊本）、金沢一（東京）、近藤栄司（愛媛）、高野幸三郎（千葉）、柳和男（新潟）、福山信子（東京、斬り込み隊第五中隊長福山琢磨氏未亡人）、それに『陸軍潜航輸送隊出撃す！』の筆者国本康文（東京）の各氏らが常連だった。

この一年に一回の集まりも平成二十年（二〇〇八年）三月をもって、惜しまれつつ、「会員の高齢」を理由に最終回となった。そういえば、亡くなられた方も多い。沈思して追悼すれば、すぐさま目の前に温顔が浮かぶような方々ばかりだった——。

この間、右記の宇野、大橋、近藤各氏からは新資料を見せていただいた。「暁二九四〇部隊矢野部隊村田隊」坂野静美氏のご子息坂野勝氏（埼玉）からはヘッセルマンエンジン操法に関する故静美氏研究ノートのコピーをいただいた。勝氏もまた父親に代わって戦友会の常連であり、しかも常連者の中で最も若かったことから会の進行役を仰せつかり、「週番士官」の腕章を巻いて奮戦するのが常だった（この一事からも、この戦友会のいい雰囲気がうかがえるであろう）。

みなさまのご自愛と益々のご健勝をお祈りしたい。
文庫版化にあたっては光人社編集部小野塚康弘氏にお世話いただいた。

平成二二年（二〇一〇年）一〇月

土井全二郎

主要参考文献＊㋡戦友会「陸軍潜航輸送教育隊（㋡部隊）略史」＊九州地区㋡戦友会「㋡戦友会回想録」＊金澤一編「㋡仁川派遣隊概要」＊矢野光二「陸軍潜水艦始末記」（「週報」昭和五十一年五月十五日号）＊矢野光二「故青木憲治中佐を偲ぶ」＊日本兵器工業会「陸戦兵器総覧」図書出版社＊防衛庁戦史室・戦史叢書「大本営陸軍部⑥」「南東方面海軍作戦②③」「陸軍軍需動員②実施篇」「潜水艦史」朝雲新聞社＊偕行社「偕行」（平成十年十一月号、昭和五十九年一・三・五・六・九月各号）＊山砲兵第三十八連隊史＊日本郵船「日本郵船戦時船史（上・下）」＊造船会「造船官の記録」今日の話題社＊日本造船学会「日本造船技術百年史」＊日立製作所「日立製作所史」＊国本康文「陸軍潜航輸送艇隊出撃す！」＊東京都中央区役所編「中央区史・中巻」＊編集委員会「第二十三号駆潜艇史」＊脇山艮二「強運の海」近代文芸社＊岩崎猖治編「西村さんを偲ぶ」＊駒宮真七郎「船舶砲兵」出版協同社＊日本海事広報協会「海の世界」（昭和四十一年十二月号）＊「丸」別冊「秘めたる戦記」（太平洋証言シリーズ⑲）潮書房＊「丸」別冊「戦争と人物⑱――日本潜水艦の技術と戦歴」潮書房＊「丸」編集部「写真集・日本の潜水艦」光人社＊「世界の艦船」（平成六年十二月号）海人社＊中央公論「増刊・歴史と人物――実録太平洋戦争」中央公論社＊海軍兵学校七〇期会「澎湃の青春」＊特操一期生会「特操一期生史」＊前橋予備士官学校「前橋第七期会報」二十一、二十二、三十号＊編集委員会「燦　陸軍経理学校幹候第十一期」＊井上博夫「潜水輸送派遣隊在比島部隊行動概要」＊豊浜会「あかつき――陸軍船舶幹部候補生隊」＊船舶工兵第二連隊・暁会「ああ陸軍の海戦戦記」＊刊行委員会「海軍航海学校・一旒会の仲間たち」＊編纂委員会「紅の血は燃えて――船舶特幹二期生の記録」＊リロアン会「リロアン――船工第一野戦補充隊の記録」＊小沢郁郎「特攻隊論」たいまつ社＊「孫たちへの証言⑩」新風書房＊菅原権之助編「ああ強運の一〇八号輸送艦」＊梶泰夫「軍隊生活」＊戸石泰一「消燈ラッパと兵隊」KKベストセラーズ＊有吉義弥「占領下の日本海運」国際海運新聞社＊井浦祥二郎「潜水艦隊」朝日ソノラマ＊鳥巣建之助「人間魚雷」新潮社＊内藤初穂「海軍技術戦記」図書出版社＊木俣滋郎「幻の秘密兵器」光人社＊金丸利孝「南十字星の煌く下に」＊山本七平「一下級将校の見た帝国陸軍」朝日新聞社＊中島一夫「陸軍輸送船・航海士の手記」＊阪田真之編著「連絡船物語」日本海事広報協会＊小沢徳「わさびの花」＊土井全二郎「ダンピールの海」丸善ブックス＊土井全二郎「兵士の沈黙」光人社＊発売・発行元の明示がないものは非売品もしくは自費出版物

単行本　平成十五年一月「決戦兵器陸軍潜水艦」改題　光人社刊

NF文庫

陸軍潜水艦 新装版

二〇一八年六月二十日 第一刷発行

著 者 土井全二郎

発行者 皆川豪志

発行所 株式会社 潮書房光人新社

〒100-8077 東京都千代田区大手町一-七-二

電話/〇三-六二八一-九八九一代

印刷・製本 凸版印刷株式会社

定価はカバーに表示してあります
乱丁・落丁のものはお取りかえ
致します。本文は中性紙を使用

ISBN978-4-7698-3075-7 C0195

http://www.kojinsha.co.jp

NF文庫

刊行のことば

第二次世界大戦の戦火が熄《や》んで五〇年——その間、小社は夥しい数の戦争の記録を渉猟し、発掘し、常に公正なる立場を貫いて書誌とし、大方の絶讃を博して今日に及ぶが、その源は、散華された世代への熱き思い入れであり、同時に、その記録を誌して平和の礎とし、後世に伝えんとするにある。

小社の出版物は、戦記、伝記、文学、エッセイ、写真集、その他、すでに一、〇〇〇点を越え、加えて戦後五〇年になんなんとするを契機として、「光人社NF（ノンフィクション）文庫」を創刊して、読者諸賢の熱烈要望におこたえする次第である。人生のバイブルとして、心弱きときの活性の糧《かて》として、散華の世代からの感動の肉声に、あなたもぜひ、耳を傾けて下さい。